Melissa Foster

Endlich Liebe

Ein Braden-Flirt

Die Autorin

Melissa Foster ist eine preisgekrönte *New-York-Times-* und *USA-Today*-Bestsellerautorin. Ihre Bücher werden vom *USA-Today-Bücherblog*, vom *Hagerstown Magazin*, von *The Patriot* und vielen anderen Printmedien empfohlen. Melissa hat mehrere Wandgemälde für das *Hospital for Sick Children*, eine Kinderklinik in Washington, D. C., gemalt.

Besuchen Sie Melissa auf ihrer Website oder chatten Sie mit ihr in den sozialen Netzwerken. Sie diskutiert gern mit Lesezirkeln und Bücherclubs über ihre Romane und freut sich über Einladungen. Melissas Bücher sind bei den meisten Online-Buchhändlern als Taschenbuch und E-Book erhältlich.

www.MelissaFoster.com

Melissa Foster

Endlich Liebe

LOVE IN BLOOM – HERZEN IM AUFBRUCH

Aus dem Amerikanischen von Usch Pilz

Die Originalausgabe erschien erstmals 2017 unter dem Titel
»Love at Last – A Braden Flirt« bei World Literary Press, MD, USA.

Deutsche Erstveröffentlichung
2019 bei World Literary Press, MD, USA
© 2017 der Originalausgabe: Melissa Foster
© 2019 der deutschsprachigen Ausgabe: Melissa Foster
Lektorat: Judith Zimmer, Hamburg
Umschlaggestaltung: Natasha Brown

ISBN: 978-1948868402

Liebe Leserinnen und Leser!

Wenn dies Ihre erste Begegnung mit den Bradens ist, sollten Sie wissen, dass Sie einen Flirt vor sich haben und keinen Roman in voller Länge. *Endlich Liebe* begleitet Cal Hayden und Rachel Gray, zwei liebenswerte Singles aus dem Freundeskreis der Bradens, auf ihrem Weg ins Glück. Auch einige der Bradens aus Colorado spielen in der Geschichte eine Rolle. Deshalb ist *Endlich Liebe* auch eine wunderbare Möglichkeit, die Braden-Familie kennenzulernen, und wird Ihnen sicher Appetit auf die Bücher mit den Liebesgeschichten ihrer einzelnen Mitglieder machen. Wie alle Teile der Reihe »Love in Bloom – Herzen im Aufbruch« kann auch *Endlich Liebe* für sich gelesen werden. Also legen Sie gleich los und genießen Sie viele schöne, prickelnde und emotionale Momente.

Was ist ein Flirt?

Die Welt von »Love in Bloom – Herzen im Aufbruch« ist inzwischen so beliebt und bekannt, dass unzählige Leser mich gebeten haben, auch die Geschichten unserer geliebten Nebenfiguren niederzuschreiben. Weil es mir aber leider ganz und gar unmöglich ist, zusätzlich zu den bereits geplanten Neuerscheinungen weitere Romane in voller Länge zu schreiben, habe ich die Flirts erfunden. Flirts können unterschiedlich lang sein und begleiten zwei Nebenfiguren über ein oder zwei Tage hinweg auf ihrem Weg zur großen Liebe. Gleichzeitig bringen sie die Leser über die Ereignisse im Leben unserer liebsten Hauptfiguren auf den neuesten Stand. Ich hoffe, Sie mögen diese kurzen, flotten, sexy Geschichten genauso gern, wie ich sie schreibe.

Sollte dies Ihre erste Geschichte aus der Reihe »Love in Bloom – Herzen im Aufbruch« sein, dann warten noch jede Menge Bücher über charakterstarke, brandheiße und unverschämt ungezogene Helden sowie kluge, selbstbewusste und unerschrockene Heldinnen auf Sie. Mitglieder der Familien aus der Reihe erscheinen immer wieder auch in anderen Bänden und Serien. So verpassen Sie nie eine Verlobung, eine Hochzeit oder eine Geburt.

Besuchen Sie auch meine Website. Dort finden Sie zum Beispiel solche Bonusgeschenke wie Familienstammbäume, Serien-Checklisten sowie die geplanten Erscheinungstermine weiterer Bände (in englischer Sprache):
www.MelissaFoster.com/ReaderGoodies

Abonnieren Sie meinen Newsletter, um stets über Neuerscheinungen, Sonderaktionen und Veranstaltungen informiert zu sein:
www.MelissaFoster.com/Newsletter_German

Vielen Dank fürs Lesen!

Melissa Foster

Eins

»Drei junge Frauen gehen zum Frühstück in ein Diner. Eine hat kürzlich geheiratet und ist so glücklich wie nie zuvor. Eine ist hochschwanger und sieht aus, als müsste sie sich jeden Moment auf den Weg in den Kreißsaal machen. Und eine schmachtet nach einem Mann, der nichts ahnt von ihren Fantasien über seinen großen ...«

»Hör auf!« Schnell legte Rachel Gray die Hand auf den Mund ihrer Freundin Emily. Bis zum Diner mitten im hübschen kleinen Städtchen Trusty in Colorado waren es nur noch wenige Schritte. Emily war kürzlich aus Italien zurückgekehrt, wo sie ihren Langzeitverlobten Dae Bray geheiratet hatte, und Emilys Schwägerin Callie sehnte bereits den errechneten Geburtstermin in knapp zwei Wochen herbei. Die beiden gehörten zu Rachels engsten Freundinnen und lebten ihren Traum, während Rachel für einen Mann schwärmte, der schamlos mit ihr flirtete und mit ihren Gefühlen spielte. Dabei kannte sie ihn eigentlich als perfekten Gentleman. Auch deshalb geriet jede Begegnung mit ihm zu einer emotionalen Achterbahnfahrt. Dass er sie noch nie um ein Date gebeten hatte, machte die Sache nicht besser. Deshalb hatte sie nach der letzten Begegnung mit Cal Hayden beschlossen, ihn endgültig abzuhaken und aus ihren Gedanken zu verbannen.

Zumindest arbeitete sie daran.

»Kein Wort weiter«, ermahnte sie Emily. »Und schon gar nicht, wenn Margie uns hören kann, um Himmels willen.«

Margie Holmes arbeitete seit einer gefühlten Ewigkeit im Diner. Sie war so etwas wie die Augen und Ohren von Trusty und Rachel wollte nicht auf ihrem hochsensiblen Tratsch-Radar erscheinen. Besten Dank auch.

»Wenn du glaubst, du könntest Margies Tratsch-Tentakeln entkommen, hast du dich getäuscht.« Callie tätschelte ihren kugelrunden Babybauch. »Dass ich schwanger bin, wusste die Gute bereits vor Wes und mir.«

Lachend hielt Rachel den anderen Frauen die Tür auf. Heute wurde in Trusty das Frühlingsfest gefeiert, eines der größten Ereignisse des Jahres. Fast alle Geschäfte im Ort waren deshalb geschlossen, einschließlich Rachels Friseursalon. Doch im Diner kannte man keinen Ruhetag. Die Bewohner der Stadt scherzten gerne, das wäre Margies Art, sie stets im Blick zu behalten.

»Heißer-Cowboy-Alarm«, raunte Emily auf dem Weg durch die Tür.

Rachel folgte ihren Freundinnen hinein. Beim Anblick des knackigsten in Levi's verpackten Männerhinterns, den sie je gesehen hatte, blieb sie wie angewurzelt stehen. Diese schiere Perfektion würde sie überall erkennen. Hitze jagte ihr Rückgrat hinauf, während ihr Blick von Cal Haydens schmaler Taille nach oben wanderte, wo sich ein weiches weißes Baumwollshirt über seinen breiten Schultern spannte. Über den Tresen gebeugt plauderte er mit Margie. Cal war einer der gefragtesten Pferdetrainer der Gegend und zusätzlich ein deutlich über eins achtzig großes Stück Rachel-betörende Männlichkeit.

Er wandte sich um und – *Grundgütiger* – die kobaltblauen Augen unter der Krempe des schwarzen Stetson bohrten sich direkt in ihre Brust und streichelten ihr Herz. Ja, ihr Herz, denn trotz seiner hemmungslosen Flirtaktionen in der letzten Zeit war er doch durch und durch ein Gentleman. Hier in der Gegend gab es jede Menge heiße Kerle, darunter auch etliche Cowboys. Aber unverheiratete Männer, die mehr als nur die Figur einer Frau registrierten, die einen ausgeprägten Familiensinn hatten und tanzen konnten wie Fred Astaire? Nicht hier in ihrer beschaulichen kleinen Heimatstadt. Cal war eine echte Ausnahmeerscheinung.

Als er sich ein wenig zur Seite neigte, sah Rachel den kleinen Hal Braden auf der Theke sitzen. Cals starker Arm hielt den glucksenden Wonneproppen sicher umfangen und Rachel schmolz auf der Stelle dahin. Little Hal war knappe eineinhalb Jahre alt und hatte den dunklen Schopf von Emilys Cousin Rex Braden und dessen Frau Jade geerbt. Ja, der kleine Mann war süßer als ein ganzer Stall voll junger Kätzchen, und so viel Niedlichkeit in den schützenden Armen des brandheißen Cal ließ Rachels Hormonpegel nach oben schnellen.

So viel zum Thema, Cal Hayden abhaken.

»Hey, Darling«, begrüßte er sie in seinem typischen breiten Cowboyakzent. Ein entspanntes Lächeln trat auf sein viel zu schönes Gesicht. »Kommst du rein und setzt dich zu uns oder willst du den ganzen Tag auf meinen Hintern starren?«

»Ich habe den Kleinen angeschaut«, protestierte sie. Energisch machte sie einen weiteren Schritt in den Raum.

»Jaja, den Kleinen«, flötete Emily.

»Hm-hm, den Kleinen und sonst nichts«, bestätigte Callie lachend.

»Alles im grünen Bereich, Mädels?«, fragte Margie vom

Durchgang zur Küche her. »Setzt euch schon mal hin. Ich bin gleich da.« Sie zwinkerte Rachel zu. »Nehmt am besten einen Tisch am Fenster. Von dort habt ihr eine prima Aussicht auf den Tresen.«

Oh mein Gott.

Cals Lippen dehnten sich zu einem spitzbübischen Grinsen. Rachel gab sich alle Mühe, nicht rot zu werden, spürte aber, wie ihre Wangen heiß wurden.

»Gute Idee. Ich muss mich dringend setzen.« Callie steuerte auf eine Sitznische am Fenster zu.

»Musste das sein?«, zischte Rachel Cal zu, während Emily die Hände nach Little Hal ausstreckte.

Cal beugte sich zu Rachel. »Hat dir gefallen, was du gesehen hast? Was ich sehe, gefällt mir nämlich sehr, sehr gut«, raunte er mit rauer Stimme und so leise, dass nur sie ihn hören konnte. Seine Augen verdunkelten sich. »Reservier mir einen Tanz beim Frühlingsfest, Darling.«

Ihr Magen schlug einen Purzelbaum.

Bevor sie antworten konnte, fragte Emily: »Warum ist denn mein süßer Neffe hier?« Sie ließ den kleinen Jungen auf ihrer Hüfte hüpfen, bis er vor Vergnügen quietschte.

Cal richtete sich zu seiner vollen Größe auf und gab Rachel die Gelegenheit, den ganzen appetitlichen Kerl Zentimeter für Zentimeter zu studieren. »Rex muss auf dem Fest mitanpacken und Jade war heute vor lauter Morgenübelkeit regelrecht lahmgelegt. Da habe ich angeboten, ein paar Stunden auf das Bürschchen aufzupassen.«

»Hast du das gehört, Rachel?«, fragte Emily betont unschuldig. »Cal mag Kinder.«

Rachel verdrehte die Augen, machte den Mund auf und wollte behaupten, das interessiere sie nicht die Bohne. Doch Cal fixierte sie mit einem Adlerblick und prompt kam ihr die Stimme abhanden. Oh, wie sie das hasste! Sie war doch keine graue Maus, die beim Anblick eines heißen Kerls in einem Loch verschwand! Bloß eine Frau, die sich so sehr in einen verguckt hatte, dass es schon fast lachhaft war.

»Ich habe eine Schwäche für alles Kleine.« Cal hob eine Braue.

Die Tür des Diners ging auf. Frischluft wehte herein und ließ Rachels Gehirn wieder anspringen. *Okay, Big Boy, das war ein Baggerspruch vom Feinsten.* Rachel war nur knapp über eins fünfzig groß. *Sattle endlich das Pferd, Cowboy, oder scher dich aus dem Stall.*

»Was du nicht sagst. Ich hab es lieber groß«, antwortete sie so schnippisch, dass dem Mann am anderen Ende des Tresens ein leises »Verdammt« entfuhr.

Cals Augen glühten, und sie spürte, wie die Hitze ihr bis zur Sitzbank am Fenster folgte. Sie nahm Callie gegenüber Platz und drehte Cal den Rücken zu. »Dass ich das gerade wirklich gesagt habe, macht mich fassungslos!«, flüsterte sie.

Callie schob sich das dunkle Haar hinters Ohr und antwortete: »Und ich kann nicht fassen, dass ihr beide nicht endlich Nägel mit Köpfen macht.«

Rachel wandte sich um und schaute zu Emily hinüber, die gerade Little Hal wieder an Cal übergab. Großer Gott, zu sehen, wie der Wonneproppen sich vertrauensvoll an den Prachtkerl schmiegte, versetzte ihre Eingeweide erneut in Aufruhr. Sie wandte sich ab, holte tief Luft und suchte nach einer Ablenkung. »Sag mal, reitet Wes nicht beim Rodeo auf dem Frühlingsfest mit? Freust du dich schon, ihn am Start zu sehen?«

»Ja und nein. Rodeos machen mich immer noch nervös, obwohl ich längst daran gewöhnt sein müsste.« Vor ihrer ersten

Begegnung mit Wes hatte Callie noch nie auch nur auf einem Pferd gesessen. Wes war ein Adrenalinjunkie, sie eine zurückhaltende Bibliothekarin, die lieber Märchen mochte als Abenteuer.

Emily schob sich neben Callie auf die Bank und schon eine halbe Sekunde später stellte Cal einen Kinderhochstuhl an den Tisch gegenüber und setzte Little Hal hinein. Rachels Nerven hatten sich gerade ein klein wenig beruhigt, doch Cals Nähe sorgte sofort wieder für eine erhöhte Pulsfrequenz. Sie versuchte, ihn nicht zu beachten. Doch als er den kleinen Jungen aufs Haar küsste, fing er ihren Blick ein und zwinkerte ihr zu.

Wie peinlich war das denn? Dieser Kerl spielte mit ihr und sie hing an jedem seiner Atemzüge. Sie musste dringend ihre wildgewordenen Gefühle in den Griff bekommen und diesmal meinte sie es ernst. Sie würde Cal vergessen, und wenn es das Letzte war, was sie tat. Trotzig räusperte sie sich und zwang sich, sich auf ihre Freundinnen zu konzentrieren anstatt auf die Sahneschnitte, die gerade einem Kleinkind die Speisekarte vorlas.

Gütiger Himmel.

Zum Glück erschien Margie und nahm ihre Bestellung auf. »Okay, Mädels. Was darf's sein? Dasselbe wie immer?«

»Ja, bitte«, antworteten sie im Chor. Obwohl Rachel am liebsten gesagt hätte: *Ich nehme den heißen Cowboy, garniert mit einer Portion süßem Baby.*

»Kommt sofort.« Margie ging weiter zu Cal.

Nicht hinschauen.

»Ich habe unsere Hochzeitsbilder mitgebracht.« Emily zog ein Album aus der Handtasche und legte es auf den Tisch.

Hör nicht zu, was er sich bestellt. Rachels Blick huschte über die traumhaften Bilder von Emily und Dae.

»Es war ziemlich kühl an dem Tag, aber immer noch besser als zu heiß, nicht wahr?« Emily blätterte weiter und beschrieb die Hochzeit in allen Einzelheiten.

Rachel hatte nicht zu dem Fest nach Italien reisen können und wollte gern alles darüber hören. Doch obwohl sie angestrengt auf die Fotos starrte, zogen Emilys Worte an ihr vorbei. Sie war viel zu sehr damit beschäftigt, nicht auf Cal zu achten.

»Ich nehme ein großes Stück Blondie Pie mit extra viel Schlagsahne«, sagte er.

Rachels Blick flog zu ihm. Er schaute ihr direkt ins Gesicht. Sein Lächeln brachte ihren Magen zum Tanzen.

»Du weißt schon, dass gerade Frühstückszeit ist?«, fragte Margie ihn.

Ohne wegzusehen, antwortete Cal: »Blondie Pie könnte ich morgens, mittags und abends essen.«

Ach du meine Güte.

Das Klingeln ihres Telefons holte Rachel zurück ins Hier und Jetzt. Während sie in ihrer Handtasche kramte, verwünschte sie sich stumm, weil sie sich schon wieder ganz in Cal verloren hatte. Sie nahm den Anruf an und starrte dabei aus dem Fenster. »Hi, Max.« Max war mit einem von Emilys Cousins verheiratet und erst vor ein paar Monaten zum dritten Mal Mutter geworden.

»Hi. Bist du in der Stadt?«, fragte Max hektisch. »Ich weiß, dein Salon ist heute geschlossen, aber Dylan hat gerade einen von Adrianas Zöpfen abgeschnitten, und wir lassen nächste Woche Familienfotos machen. Ich habe den beiden nur kurz den Rücken zugedreht, um Bryce die Nase zu putzen, und schwups hatte Dylan die Kinderschere in der Hand. Die mit der abgerundeten Spitze. Ich wusste nicht mal, dass die scharf genug ist, um Haare zu schneiden.« Bryce war Max' jüngster Spross.

»So was passiert bei Kindern andauernd«, beschwichtigte Rachel. »Keine Sorge, ich kümmere mich um Adrianas Frisur und sie wird auf den Fotos supersüß aussehen. Versprochen. Ich sitze gerade im Diner, aber ich kann in zehn Minuten im Salon sein.«

Sie beendete den Anruf und stand auf. »Ich muss leider los.«

»Was ist denn passiert?«, fragte Emily.

»Dylan hat Adriana einen Zopf abgeschnitten.« Das tat Rachel zwar herzlich leid, aber gleichzeitig war sie froh, flüchten zu können. Wenn sie nämlich noch einmal zu Cal Hayden hinübersah, würde sie in Flammen aufgehen.

Callie und Emily schnappten nach Luft.

»Max ist sicher außer sich«, vermutete Callie. »Sie liebt Adrianas langes Haar.«

»Dieser kleine Rabauke.« Emily schüttelte den Kopf. »Unfassbar, auf was für Ideen der kommt.«

»So was passiert öfter, als man glaubt. Aber jetzt mache ich mich besser auf den Weg. Wir sehen uns später beim Fest.« Rachel legte ein paar Dollar auf den Tisch und hastete aus der Tür.

Am späten Nachmittag stand Cal im Stalltrakt in der Nähe der Arena. In der Hoffnung, Rachel zu entdecken, ließ er den Blick zum hundertsten Mal über den Festplatz schweifen.

»Hallöchen!« Eine vollbusige Brünette winkte ihm lächelnd zu.

Cal nickte nur kurz, dann fuhr er mit der Bürste über das Fell der Stute, die er gerade zurechtmachte. Sie war eines von Luke Bradens Pferden, und er würde sie im Showprogramm reiten, deshalb saß er im Augenblick hier fest. Zu allem Überfluss zogen Veranstaltungen dieser Art sämtliche cowboyverrückten Frauen der Gegend magisch an. Wie Heuschrecken fielen sie auf den Festplätzen ein und machten ihm den verdammten lieben langen Tag schöne Augen. So gern er solche überschaubaren kleinen Feste voller Freunde und Bekannter mochte, auf Frauen, die seine Zeit mit Bemerkungen wie *Ich wette, du bist ein großartiger Reiter und brauchst dazu nicht mal einen Sattel* verschwendeten, konnte er verzichten. Mit ihren offenherzigen Outfits und ihren vermeintlich originellen Sprüchen hielten sie sich für unwiderstehlich. Aber Cal interessierte sich nur für eine ganz bestimmte Lady mit grünen Augen, die sich nicht erst etwas einfallen lassen musste, um seine Aufmerksamkeit auf sich zu lenken. Die war ihr schon seit Jahren sicher, und endlich war er auch in der Lage, ihr das zu zeigen. Wenn er nur wüsste, wo sie war, würde ihn nichts davon abhalten.

Luke und seine Brüder Jake und Pierce betraten den Stalltrakt. Die hochgewachsenen Braden-Männer waren nicht zu übersehen. *Kernige Kerle vom Land* hätte sein verstorbener Vater zu diesem Anblick gesagt. Die drei waren hier in Trusty aufgewachsen, Cal ein Stück weiter draußen auf dem Land. Doch die Pferdewelt war wie eine große Familie und er kannte die Bradens seit vielen Jahren.

»Wie geht's meinen Mädels?« Luke trat zu Cal in die Box der Stute. Er galt als einer der besten Tinker-Züchter des Landes, einer Pferderasse, die nicht nur in Europa bekannt und beliebt war, sondern weltweit geschätzt wurde. Lukes Stuten waren wunderschöne Tiere mit seidigen langen Mähnen und Schweifen und einem üppigen Fesselbehang, der ihre Hufe bedeckte. Tinker galten gemeinhin als sehr menschenbezogen, und die Liebe, mit der Luke seine Pferde überschüttete, bekam er mit Zins und Zinseszins zurück. Die Stute drückte zur Begrüßung die Stirn an seine Brust.

»Die freuen sich auf ihren großen Auftritt.« Cal streckte Pierce die Hand hin. Pierce besaß Luxusferienanlagen auf der ganzen Welt und wohnte in Reno. »Ich habe dich ewig nicht gesehen, und wie ich höre, darf man gratulieren.«

Pierce nahm Cals Hand und zog ihn in eine männlich herzhafte Umarmung. »Zur Hochzeit oder zur Schwangerschaft?« Er und seine Frau Rebecca hatten vor ein paar Monaten Knall auf Fall geheiratet, und es wurde gemunkelt, Rebecca sei gleich in der Hochzeitsnacht schwanger geworden.

»In dem Fall zu beidem«, antwortete Cal und drehte sich zu Jake. Jake arbeitete als Stuntman und lebte mit seiner Frau Fiona in Los Angeles. Aber das Frühlingsfest in Trusty ließen die beiden sich nie entgehen. »Hey, Mann. Schön, dich zu sehen.«

»Wie geht's dir?« Jake umarmte ihn. »Tut mir leid wegen deinem alten Herrn.«

Cals Vater war vor sechs Monaten gestorben, und jedes Mal, wenn Cal die Endgültigkeit dieses Abschieds bewusst wurde, spürte er einen schmerzhaften Stich in der Brust. Zwei Jahre lang hatte sein Vater gegen den Krebs gekämpft, und es verging kein Tag, an dem Cal ihn nicht vermisste. »Danke.«

»Wie kommt deine Mom klar?«, fragte Jake.

»Sie hält sich tapfer, danke. Sie muss irgendwo in der Nähe sein. Eine Freundin aus ihrem Buchclub hat sie mit aufs Fest genommen.«

»Das freut mich«, sagte Jake. »Gut, dass ihr Freundeskreis sie unterstützt und sie euch Kinder hat. Du hast nicht zufällig meine Frau gesehen? Sie ist mit Emily und ein paar anderen losgezogen und seither spurlos verschwunden.«

»Fiona?« Cal schüttelte den Kopf. »Nein, aber bei dem Trubel hier wundert mich das nicht. Sicher ist sie irgendwo mittendrin. War Rachel Gray vielleicht auch bei ihnen?« Nachdem Rachel das Diner geradezu fluchtartig verlassen hatte, hatte Emily ihm verraten, dass sie sich um einen Haarnotfall kümmern musste. Was immer man sich darunter vorzustellen hatte. Gerade, als er auf die Idee gekommen war, ihr das bestellte Frühstück in den Salon zu bringen, hatte Emily erklärt, sie würde sich mit Rachels Essen auf den Weg zu ihr machen. Jetzt war es fast sechs Uhr abends und er hatte sie den ganzen Tag über nicht mehr gesehen.

»Rachel? Ja, die war auch dabei«, antwortete Jake. »Sie hat mir erzählt, dass Dylan Adriana einen Zopf abgeschnitten hat.«

»Dann war das wohl der Haarnotfall, von dem Emily gesprochen hat.«

»Ganz bestimmt. Adriana hat jetzt einen Pixie Cut. So hat Rachel es zumindest genannt.« Jake lachte. »Aber Dylan? Der wird noch allerhand Dummheiten machen, bis er mal groß ist.«

»Er erinnert mich an jemanden, den ich kenne«, sagte Pierce grinsend.

»Das erfüllt mich mit Stolz.« Jake klopfte Cal auf den Rücken. »Was läuft denn mit dir und Rachel?«

»Nicht genug«, antwortete Cal. »Aber sobald ich sie finde, werde ich das ändern.«

»Vielleicht wartest du damit bis nach der Show.« Luke tippte auf seine Armbanduhr.

Sie tauschten noch ein paar Neuigkeiten aus, dann sattelten

Cal und Luke zwei von Lukes besten Pferden und ritten in die Arena. Cal trainierte Pferde für die unterschiedlichsten Zwecke und hatte Luke dabei geholfen, seinen Mädels ein paar Zirkuslektionen beizubringen. Während sie zur Mitte der Bahn trabten und ihre Position einander gegenüber einnahmen, schaute Cal sich noch einmal kurz um und entdeckte endlich seine blonde Schönheit auf der Zuschauertribüne am anderen Ende der Arena. Er setzte sich noch ein wenig aufrechter in den Sattel und hob das Kinn in ihre Richtung, doch genau in diesem Augenblick drehte sie sich zu Cutter Long, der auf Wes' Gästeranch arbeitete. Cutter war ein netter Kerl. Aber der Gedanke, dass der dunkelhaarige Cowboy Rachel schöne Augen machte, brachte Cals Blut zum Kochen.

Nur unter Aufbietung seiner gesamten Willenskraft gelang es ihm, mit den Gedanken bei der Vorführung zu bleiben, anstatt direkt aus der Bahn zu galoppieren, sich Rachel zu schnappen und mit ihr davonzureiten.

Die Pferde machten ihre Sache großartig und ließen sich mit leichter Hand dirigieren. Synchron wie in einem Spiegel zeigten sie Seitengänge, den spanischen Schritt und viele andere Lektionen. Cal wusste, wie wichtig es war, ruhig und konzentriert im Sattel zu sitzen. Pferde waren sensible Wesen und Lukes Mädels waren motiviert bei der Sache. Er durfte sie mit seiner idiotischen Eifersucht nicht um den wohlverdienten Applaus bringen. Aber, verdammt, seine Emotionen im Griff zu behalten, war, als müsste er einen wilden Stier zähmen. Er zwang sich, sich ganz auf die Show zu fokussieren und gestattete sich keinen weiteren Blick zu Rachel.

Als sich die Pferde am Ende des Auftritts unter dem Beifall und dem begeisterten Johlen des Publikums verbeugten, hatte Cal auch den letzten Rest Selbstbeherrschung aufgebraucht.

Auf dem Weg aus der Arena riskierte er einen Blick zu den Zuschauerrängen. Was er sah, war wie ein Schlag in die Magengrube. Die Plätze, auf denen Rachel und Cutter vorhin gesessen hatten, waren leer.

Zwei

Sobald die Pferde abgesattelt und versorgt waren, machte Cal sich auf die Suche nach Rachel. Entschlossen marschierte er in die Richtung, wo er sie zuletzt gesehen hatte. Die Zuschauer verließen bereits die Ränge und er musste sich gegen den Strom bewegen. Viele Leute gratulierten ihm zu der Vorführung, Freunde blieben stehen und wollten plaudern. Aber Cal hatte es eilig. Er tippte nur grüßend an seinen Hut und ließ sich immer nur so lange aufhalten, wie es die Höflichkeit verlangte. Die Pause vor Beginn des Rodeos wollte er unbedingt mit Rachel verbringen.

Verdammt. Warum hatte er das Zufallstreffen im Diner nicht besser genutzt, anstatt bloß Sprüche zu reißen und mit ihr zu flirten? *Mist.* Er spürte einen Anflug von Verzweiflung und das gefiel ihm nicht. Das Gefühl, dass Rachel seit Neuestem auf Distanz zu ihm ging, führte zu Reaktionen, die er eigentlich nicht von sich kannte.

Ich hätte sie schon vor Ewigkeiten um ein Date bitten sollen.

Um sich einen besseren Überblick zu verschaffen, stieg er auf die Umzäunung der Arena und entdeckte Rachel und Cutter auf der gegenüberliegenden Seite. Sie stand mit dem Rücken zu ihm, aber er hätte sie überall erkannt. Er sprang vom

Zaun und joggte quer durch die Arena. Bei jedem entschlossenen Schritt stieß er trotzig den Atem aus. Zum Teufel, er würde sie sich von keinem Mann wegschnappen lassen. Auf der anderen Seite angekommen, stützte er eine Hand auf den Zaun und sprang mit einem Satz hinüber. Mit einem dumpfen Geräusch landete er direkt hinter den beiden.

Rachel und Cutter fuhren gleichzeitig zu ihm herum. Das leicht schüchterne Megawattlächeln, das Cal so unwiderstehlich fand, trat auf Rachels Züge und besänftigte ihn ein wenig. Das lange blonde Haar floss ihr in weichen Wellen über die Schultern. Sie trug ein schokoladenbraunes Top mit einem weiten, locker fallenden Kragen. Die langen Ärmel reichten bis zur Mitte ihrer Handrücken. Dieses Oberteil war eher lässig als figurbetont geschnitten und reichte ihr bis fast zu den Oberschenkeln. Trotzdem war sie in den engen Jeans, den kniehohen Wildlederstiefeln, vor allem aber mit ihren sinnlichen Augen die aufregendste Frau, die er je gesehen hatte. Und er war fest entschlossen, sie zu erobern.

»Hey«, sagte sie ein wenig atemlos. »Eure Reitvorführung war großartig.«

»Danke, schöne Frau.« Kurzerhand legte er ihr den Arm um die Schultern. »Hey, Cutter«, sagte er. »Danke, dass du Rachel Gesellschaft geleistet hast, aber jetzt muss ich ihr dringend etwas zeigen.«

Rachel und Cutter machten verdutzte Gesichter.

»Ich ... ähm ... kein Problem«, stammelte Cutter.

»Prima. Dann bis später.« Cal führte Rachel schnell weg.

Ihre hellgrünen Augen blinzelten ihn verwundert an. »Wo gehen wir denn hin?«

»Wie gesagt: Ich will dir etwas zeigen.« Er steuerte auf das Zelt auf der gegenüberliegenden Seite der Festwiese zu. Dort wurde wie in jedem Jahr Kunsthandwerk angeboten. Nur mit Mühe verkniff er sich unterwegs die Frage, ob sich zwischen ihr und Cutter etwas anbahnte. Die Ungewissheit brachte ihn fast um. Doch ganz gleich, ob ihr an Cutter etwas lag oder nicht – er würde Himmel und Hölle in Bewegung setzen, um sie für sich zu gewinnen.

»Okay«, sagte sie skeptisch. Über die Schulter warf sie einen Blick zurück zu Cutter. »Ein bisschen unhöflich war das eben schon.«

Sie hatte recht. Normalerweise benahm er sich nicht so rüpelhaft. Er war zur Höflichkeit erzogen worden und legte Wert auf gute Manieren. Doch was er getan hatte, ließ sich nicht rückgängig machen, und irgendwelche Ausflüchte wollte er Rachel nicht servieren. »Stimmt. Das muss ich leider zugeben«, antwortete er deswegen ehrlich.

Sie schaute ihn mit großen Augen an. »Cal, was ist eigentlich los? Hast du ein Problem mit Cutter?«

»Nein.« Er schob sich mit ihr an einer Gruppe lachender Menschen mit Eiswaffeln in den Händen vorbei.

»Es sah aber ganz danach aus.«

Er schaute sie an und prompt begann sein Magen zu flattern. »Ich habe ein Problem damit, dass Cutter dich anbaggert.«

»Wie bitte?«, fragte sie lachend. »Warum?«

»Weil ich jetzt an der Reihe bin.«

»Moment mal. Du bist an der Reihe? Du flirtest doch andauernd mit mir.«

Er blieb stehen und schaute in ihre verwirrt blickenden Augen. »Mit dir flirten und dich anbaggern sind zwei Paar Stiefel.«

Sie verschränkte die Arme. Jetzt wirkte sie eher belustigt als verdutzt. »Das musst du mir näher erklären, oh weiser Flirtspezialist.«

Er lachte leise auf. »Flirten heißt, man streckt die Fühler aus und testet vorsichtig, ob überhaupt Interesse da ist.« Er rückte ein wenig näher an sie heran und berührte ihre Finger. Dass ihr Atem dabei kurz stockte, nahm er als positives Zeichen. Er senkte die Stimme ein wenig, denn er wollte, dass sie ganz genau hinhörte. »Und anbaggern tut man jemanden, den man an dem Abend gern mit nach Hause nehmen möchte.«

Auf ihrer Stirn erschienen Falten. »Du glaubst also, ich würde heute einfach so mit dir mitkommen und in dein Bett hüpfen? Nachdem du monatelang mit mir gespielt hast? Jetzt pass mal gut auf, Cal Hayden. So läuft das nicht bei mir.«

»Cool bleiben, Darling. Das weiß ich doch und Sex ist nicht Teil meiner Planung.« Obwohl er durchaus davon träumte, Rachel *zu lieben*. Er nahm ihre Hand und ging weiter auf das Zelt mit dem Kunsthandwerk zu. »Und jetzt komm. Wir müssen dringend ein paar Kerzen machen.«

»Kerzen? Was ist bloß in dich gefahren?« Lächelnd schüttelte sie den Kopf, dann folgten sie einer Gruppe Festbesucher zu den Ständen.

Im Zelt wurde nicht nur fertiges Kunsthandwerk verkauft, man konnte auch selbst Hand anlegen, Kränze flechten, aus Schnüren schöne Dinge knüpfen, töpfern und noch vieles andere mehr. Es duftete nach Wachs und Zimt. Kinder tollten lachend um die Tische und Cal konnte die Festtagslaune der Besucher spüren.

»Wie sieht deine Planung für heute Abend denn dann aus?«, fragte Rachel.

Er beugte sich zu ihr und sagte: »Der einzige Punkt auf der Tagesordnung bist du.« Damit reichte er der Frau hinter dem

Kerzentisch einen Schein. »Wir möchten gerne vier Kerzen machen, bitte.«

Die Frau gab ihnen vier Tickets und ein Körbchen, dann zeigte sie auf einen weiteren Tisch, an dem sie sich Glasgefäße aussuchen konnten.

»Und wenn ich schon eigene Pläne habe?«, fragte Rachel.

Daran hatte er überhaupt nicht gedacht. Zu spät bemerkte er diesen Fehler. »Dann wäre es ziemlich unhöflich von mir gewesen, das nicht vorher abzuklären. Entschuldige bitte. Hast du schon Pläne?«

»Na ja, eigentlich nicht, aber …« Ihre Mundwinkel hoben sich erneut zu einem bezaubernden Lächeln. »Aber ich hätte welche haben können.«

»Das ist wahr. Und ich hätte nicht einfach davon ausgehen dürfen, dass du Zeit hast. Also noch mal von vorn: Rachel, schenkst du mir bitte die nächsten paar Stunden?«

»Die nächsten *paar Stunden*?« Sie kniff die Lippen zusammen und sah dabei ungeheuer süß und sexy aus. Zwar legte ihre Stirn sich erneut in Falten, doch ihr Lächeln brach sich unaufhaltsam Bahn.

Rachel schaute sich im Zelt um und fragte sich verwundert, wie sie in das Paralleluniversum geraten war, in dem Cal Hayden ihr so zielstrebig den Hof machte und ausgerechnet Kerzen mit ihr basteln wollte. Als sie ihn vorhin auf dem Pferd hatte sitzen sehen, hatte sie immer nur denken können, was für ein großartiger und einfühlsamer Reiter er war. Und sie hatte sich gewünscht, viel mehr zu sein als die Frau, mit der er spielte.

Dann hatte Cutter sich zu ihr gesetzt, und sie hatte versucht, ihre Gefühle für Cal auszuknipsen. Schließlich flirtete er ja bloß mit ihr. Aber *Ausknipsen* war keine Option gewesen. Verdammt, nicht mal zu ein paar kleinen Späßen mit dem anderen war sie in der Lage gewesen. Der arme Cutter hatte nur lustlose Kommentare wie *Hm-hm* und *Ach, tatsächlich* zu hören bekommen. In der Hoffnung, ihn loszuwerden, war sie auf die andere Seite der Arena gewechselt. Aber Cutter hatte sich nicht abschütteln lassen.

Sie musterte das frustrierend gut aussehende Objekt ihrer Begierde und fragte sich, was in ihm vorging. War das alles nur ein Spiel für ihn? Eine Art sportliche Herausforderung? Die Wärme und Hoffnung in seinen Augen ließen ahnen, dass es etwas anderes sein musste. Und das machte sie nervös.

»Okay«, sagte sie zittrig. »Aber ich werde nicht mit dir ins Bett gehen. Ich weiß ja nicht mal, was ich von dem allem hier halten soll.«

Er drückte ihre Hand. Ein erleichtertes Lächeln spielte um seine Lippen. »Vertrau mir, süße Schönheit. Am Ende des Abends wirst du es ganz bestimmt wissen und eine Vorstellung davon haben, was aus uns werden kann.«

Grundgütiger! Was aus uns werden kann? Hatte er das wirklich gesagt? Würde ihr lange gehegter Traum vielleicht doch noch wahr werden?

Sie suchten sich vier Glasgefäße aus und legten sie in den Korb. Am nächsten Tisch konnten sie den Duft für ihre Kerzen auswählen. Dass es mindestens dreißig verschiedene Nuancen gab, war fast zu viel des Guten, und dass Cals Bein, seine Hüfte oder seine Schulter sie immer wieder wie zufällig streiften, machte die Entscheidung nicht leichter. Rachels hellwache Sinne registrierten selbst seine allerkleinsten Bewegungen und natürlich jeden seiner Blicke. Man hätte ihr tausend Düfte vor die Nase halten können, gerochen hätte sie doch immer nur einen ganz bestimmten, unverschämt kernigen Cowboy.

»Vanille?«, schlug sie schließlich vor.

»Vanille macht hungrig.« Er ließ die Brauen tanzen und nahm ihr das Fläschchen mit dem Duft aus der Hand. »Den nehmen wir.«

Lachend griff sie nach dem nächsten Behälter. »Sandelholz?«

Er zog eine Braue hoch und grinste verschmitzt. »Holz? Gelobt sei, was hart macht.«

»Cal!« Sie lachte.

»Keine Sorge, Darling. Solange du bei mir bist, brauche ich keine Duftkerzen.«

»Oh mein Gott.« Sie spürte, wie sie rot wurde. »Ich erkenne dich kaum wieder.«

Er beugte sich zu ihr und raunte ihr ins Ohr: »Ich bin der Kerl, der weiß, was er will.«

Ihr Herz vollführte einen glücklichen Tanz, doch für eine Antwort war sie zu atemlos.

»Wie wäre es mit dem hier? ›Pure Unschuld‹?« Er schwenkte ein Fläschchen. »Das klingt ganz nach dir und jetzt gehört es *mir*.«

Die rothaarige Frau, die sie bediente, lächelte. »Wir haben einen perfekten Duft für Jungverliebte.«

»Oh«, entgegnete Rachel. »Wir sind nicht …«

»… nicht mehr sehr jung.« Mit einem frechen Grinsen griff Cal nach dem Fläschchen. Er roch daran, dann hielt er es Rachel hin.

Sie sog den süßen Duft mit der Moschusnote ein. »Oh, das riecht gut.«

»Auf dem Etikett steht ›Satin Sheets‹«, sagte Cal. »Den

nehmen wir noch dazu.«

»Ein Duft, der ›Satinlaken‹ heißt? Hast du nicht gesagt, Sex stünde nicht auf deiner Tagesordnung?«, flüsterte Rachel.

»Das ist richtig.« Er legte den Arm um sie und führte sie zum nächsten Tisch. »Aber vielleicht ja auf *deiner*.«

»Auf meiner?«

»Ich sehe doch, wie du mich anschaust.«

Sie wollte es abstreiten, aber er legte den Kopf schief, sah sie herausfordernd an und sie mussten beide lachen.

»Okay, dein Anblick ist ganz erträglich«, räumte sie ein. Sie setzten sich an einen Basteltisch, um ihre Kerzen herzustellen.

Eine der Frauen von der Kerzenstation erklärte ihnen den Vorgang.

»Wachsmenge abmessen, schmelzen, Docht, Duft, gießen. Ich glaube, das kriegen wir hin.« Cal knuffte Rachel kameradschaftlich mit der Schulter an. »Nicht wahr, Geliebte?«

Sie lachte. »Ich denke schon.«

»Wunderbar. Ruft mich, wenn ihr mich braucht.« Die Frau ging zum nächsten Tisch, um einem anderen Paar zu helfen.

»*Geliebte?*«, fragte Rachel.

»Wie gesagt, ich sehe eine bestimmte Art Hoffnung in deinen Augen.«

Aber konnte er auch die noch viel größere Hoffnung in ihrem Herzen sehen, die sich an jede seiner Bemerkungen klammerte und sich viel mehr wünschte als nur dieses prickelnde Geplänkel und vielleicht eine heiße Nacht?

Gemeinsam maßen sie das Wachs für die Kerzen ab und schmolzen es.

»Wir müssen den kleinen silbernen Fuß unten am Docht in flüssiges Wachs tauchen und ihn am Boden des Glases festkleben.« Rachel wiederholte die Anweisungen der Helferin.

»Normalerweise lasse ich Frauen nicht gleich beim ersten Date an meinen Docht, aber ...« Sein Blick heizte sich auf.

Rachel spürte ein prickelndes Gefühl und merkte, dass ihre Wangen schon wieder heiß wurden. »Du willst unbedingt sehen, wie ich rot werde, oder?«

Er zuckte die Achseln. »Du wolltest doch gerade meinen Docht. Ich bemühe mich wirklich, ganz artig zu sein. Aber die Hand auf meinem Oberschenkel gehört dir.« Er nahm ihre Hand und legte sie auf sein Bein. »Außerdem schaust du mich an, als wäre ich ein leckeres Steak. Dass du mich abcheckst, ist sonnenklar.«

Sie lachte. »Und du bist einfach verboten süß.«

»Süß?« Er beugte sich näher zu ihr. »Oder *heiß?*«

Ihre Blicke trafen sich, ihr Herz machte wieder die ganz besondere Flatterbewegung, die sich anfühlte wie das, was Sekunden vor einem Kuss passierte, wenn ihre Haut glühte und ihre Augenlider schwer wurden. Dass sie einen Mann geküsst hatte, war allerdings ewig her, und Cal machte keine Anstalten, sich über sie zu beugen. *Das bedeutet, dass er jetzt gerade nicht dasselbe fühlt wie ich.*

Ach Mist.

»Die Dochte«, stieß sie mühsam hervor. Sie schnappte sich einen und tauchte den kleinen Metallfuß in das flüssige Wachs. Mit zittrigen Händen befestigte sie ihn in einem Glasgefäß.

»Bitteschön.« Er sicherte den Docht mit einer Wäscheklammer. »Wir wollen doch nicht riskieren, dass er reinfällt.«

»Warum weißt du so viel übers Kerzenmachen?«

»Wenn ich dir dieses Geheimnis verrate, müsste ich dich anschließend umbringen.«

Sein Lächeln war diesmal nicht frech und verspielt, es war

aufrichtig und warm. Genau dieses Lächeln war ihr aufgefallen, als er vor ein paar Jahren ins Diner spaziert war, während sie dort gerade gefrühstückt hatte. Erst das Lächeln, dann sein Hintern. Seither ging ihr beides nicht mehr aus dem Kopf.

In kameradschaftlichem Schweigen arbeiteten sie weiter, befestigten Dochte in den anderen Gläsern und sicherten sie mit Wäscheklammern. Cal stellte das Gefäß mit dem geschmolzenen Wachs zum Abkühlen auf ein Blech. Dann maß er Rachel mit einem ernsten Blick.

»Wir müssen etwas klären«, sagte er. Sie beugte sich ein wenig näher, um kein Wort zu verpassen. »Stehst du wirklich auf Satin?«

Eine Sekunde lang überlegte sie, ob er über den Duft für die Kerze oder vielleicht über Bettwäsche sprach. Dann beschloss sie, sein kleines Spiel mitzuspielen. »Satin mag ich sehr gerne, vor allem in Kombination mit einer süßen Note.« Sie schwenkte das Fläschchen mit dem Vanilleduft vor seiner Nase.

»Hmm.« Er kniff verführerisch die Augen zusammen. »Süß ist okay, aber darf es auch heiß sein oder ist ›pure Unschuld‹ dir lieber?«

Sie spürte, wie ihre Wangen brannten, und zwang sich, seinem Blick standzuhalten. »Wer ein Feuer anzünden will, braucht erst mal Holz.« Sie griff nach dem Sandelholzduftfläschchen, fühlte sich dabei kühn und ein bisschen verrucht, und drückte es ihm in die Hand.

Seine Finger schlossen sich um ihre, und er sah sie an, als gäbe es nur sie und sonst nichts auf der Welt. Sofort standen all ihre Nervenenden unter Strom. Dies war der Augenblick, von dem sie eine gefühlte Ewigkeit lang geträumt hatte. Der Augenblick, an den sie schon nicht mehr geglaubt hatte und den sie vor ein paar Stunden hatte aufgeben wollen. Ihr Herz befahl ihr, die Gelegenheit zu nutzen, sich zu Cal zu beugen und sich den Kuss zu holen, den sie unbedingt haben wollte. Doch in ihrem Kopf flackerten hartnäckige rote Alarmlämpchen. Nicht etwa, weil Cal ein Playboy gewesen wäre, das war nicht das Problem. Es gab nie irgendwelchen Tratsch über ihn und andere Frauen und auch nach dem Tod seines Vaters hatte er seinen Kummer weder mit Alkohol noch mit Frauengeschichten bekämpft. Zu gerne wäre sie damals für ihn dagewesen, doch die Jungs aus seinem Freundeskreis hatten ihn durch die schwere Zeit getragen. Anscheinend hatte er genau das zu diesem Zeitpunkt gebraucht, ganz gleich, wie gern sie ihm geholfen hätte.

In Alarmstimmung versetzten sie allein ihre Zweifel: Konnte sie dem trauen, was sie gerade erlebte? Oder sah sie nur das, was sie sich erträumte? Was Cal sagte, klang einfach wunderbar. Doch sie wollte ihn schon so lange und ihre Sehnsucht war so groß, dass sie unbedingt Klarheit brauchte, bevor es auch nur zu einem Kuss kam. Denn wenn sie eine Kostprobe von ihm bekommen hatte, würde sie nie mehr genug kriegen.

Nervös zog sie ihre Finger aus seinen und griff nach dem Gefäß mit dem heißen Wachs. Cal legte seine Hand fest über ihre. Sie war warm und so groß, dass ihre Hand darunter verschwand.

»Vorsicht, Darling. Ich möchte nicht, dass mein Mädchen sich verbrennt.«

Das klang so liebevoll, dass sie unwillkürlich aufseufzte.

Gemeinsam führten sie das Gefäß zu den Glasbehältern und füllten sie mit Wachs.

»Ich dachte, ich würde dich kennen«, sagte sie schließlich. »Aber langsam kommt es mir vor, als gäbe es zwei ganz unterschiedliche Cal Haydens.«

»Das könnte ich mir recht spannend vorstellen.« Wieder tanzten seine Brauen.

»Ich meine es ernst. Meistens bist du ein absoluter Bilderbuch-Gentleman, dann wieder flirtest du schamlos mit mir. Du hast mich noch nie um ein Date gebeten. Trotzdem tust du jetzt so, als wären wir schon ewig ein Paar. Ich möchte keine Spielchen spielen, Cal. Mit diesem Hin und Her komme ich nicht klar.«

»Dabei sind Spielchen gar nicht mein Ding.«

Eine der Frauen vom Kerzenstand stellte ihnen ein Metalltablett hin. »Das sieht prima aus! Ich bringe eure Kerzen zum Abkühlen und ihr könnt sie in ein paar Stunden holen. Habt ihr noch eure Tickets?«

»Ja, die haben wir. Vielen Dank.« Gemeinsam standen sie vom Tisch auf und Cal griff nach Rachels Hand. In seinem Blick lag Wärme. »Können wir?«

Auf dem Weg aus dem hell erleuchteten Zelt sagte sie: »Du hast mir noch nicht geantwortet. Wenn du mich wirklich magst und das heute Abend nicht irgendein … ich weiß nicht recht *was* ist … weshalb hatten wir dann noch nie ein Date?«

Draußen vor dem Zelt fröstelte sie. Ob das an der kühlen Nachtluft oder an ihren angespannten Nerven lag, konnte sie nicht sagen. Denn sie blieben unter einem herrlichen großen Baum stehen, in dessen Zweigen unzählige kleine weiße Lichter strahlten, und als Cal sich zu ihr drehte, waren die Gefühle in seinen Augen beinahe greifbar.

»Man rennt nicht einfach los, sucht sich das schönste Pferd im Stall aus und steigt auf, Rachel. Man muss sich ein bisschen Zeit lassen, sein Vertrauen gewinnen und darauf achten, es nicht unruhig zu machen. Man tut alles, um in seinen Augen Stolz schimmern zu sehen, und lässt sich ganz auf eine große

Verantwortung ein. Sein Vertrauen muss man sich verdienen. Das ist nicht leicht und dazu muss man sich seiner Sache wirklich sicher sein. Nur so vertreibt man alle Zweifel aus den schönen großen Augen.«

Er strich ihr eine Haarsträhne aus dem Gesicht, dann legte er seine warme Hand an ihre Wange. Die liebevolle Geste und sein tiefer Blick in ihre Augen nahmen ihr den Atem.

»Du gehörst nicht zu den Frauen, die immer im Mittelpunkt stehen müssen. Das ist mir längst aufgefallen. Du möchtest als die gesehen werden, die du bist, und nicht durch deine unvergleichliche Schönheit hervorstechen. Du bist weich, aber nicht naiv. Und du bist stark. Das kann ich an deiner Haltung ablesen und daran, wie du dein Geschäft führst. Du bist kreativ. Das verraten nicht zuletzt die hübschen Schilder, die du überall in der Stadt verteilst. Und du bist großzügig, denn du verschenkst diese Schilder, um anderen eine Freude zu machen.«

Wie bitte? Er wusste davon? Schon seit ihrer Kindheit malte sie gern alte Holzstücke an, die ihr Vater herumliegen hatte. Sie schrieb fröhliche oder inspirierende Sprüche darauf, weil sie sie glücklich machten. Ihre Eltern hatten die kleinen Kunstwerke im Haus, in der Scheune und auf der Veranda aufgehängt und eines Tages hatte sie auch für einen kranken Nachbarn ein solches Schild gemalt. Seine Freude darüber hatte sie berührt, deshalb hatte sie von da an auch andere Freunde und Bekannte, die gerade eine Aufmunterung brauchten, mit ihren farbenfrohen Werken beschenkt.

»Weißt du, warum ich sie in der Stadt verteile und manchmal sogar auf Parkbänke lege?«, fragte sie.

»Ich habe eine Vermutung«, antwortete er ruhig. »Ich glaube, du siehst die Menschen gern lächeln.«

Sie nickte. »Vielleicht klingt das albern oder ein bisschen simpel. Aber ich finde, Freundlichkeit und Zuspruch sind viel wichtiger, als viele Leute denken.«

»Das ist wahr, Darling. Aber am allerwichtigsten bist du, und dein großes Herz ist nur einer der Gründe, weshalb meines dir gehört.«

Gütiger Himmel! Das ist doch kein Traum. Es passiert wirklich!

Sie schluckte gegen das große Kribbeln an, das sie erfüllte.

»Rachel, du bist süß und lustig, aber ich glaube, in dir steckt auch eine kleine Verführerin. Deshalb wirst du immer wieder rot. Ich weiß, du tanzt gerne, aber nicht wild und schmutzig wie viele andere junge Frauen. Du magst langsame Tänze, und bei den flotteren wie auf den Hochzeiten oder Festen, bei denen ich dich gesehen habe, konzentrierst du dich ganz auf die Person, mit der du tanzt, und nicht darauf, wer dir vielleicht zuschaut.«

Plötzlich hatte sie das Gefühl, den echten Cal vor sich zu sehen. Den Mann, von dem sie noch vor einem Jahr geglaubt hatte, er wüsste gar nicht, dass es sie gab. Aber er hatte sie wahrgenommen und sich für sie interessiert, und jetzt öffnete er ihr sein Herz und seine Seele und zeigte ihr damit, wie sehr er ihr vertraute.

»Und ich dachte immer, du würdest mich gar nicht bemerken, bis du irgendwann angefangen hast, mit mir zu flirten.«

»Um dich nicht zu bemerken, hätte ich schon blind sein müssen, Darling. Neben dir verblasst jede andere Frau in dieser Stadt.«

Hitze stieg von ihrer Brust aus in ihre Wangen und sie senkte den Blick. Er hob sanft ihr Kinn an, ließ die Hand zu ihrem Halsansatz gleiten und trat ein wenig näher. Sie atmete so schwer, und er stand so dicht bei ihr, dass ihre Brüste ihn streiften.

»Du bist eine gute Beobachterin«, sagte er leise. »Wie kann es sein, dass dir mein Interesse an dir nicht aufgefallen ist?«

»Ich …« Sie schüttelte den Kopf und versuchte, sich an den genauen Zeitpunkt zu erinnern, an dem Cal begonnen hatte, mit ihr zu flirten. Doch sie trug zu viele Bilder von ihm in sich. »Bevor du mit dem Flirten angefangen hast, warst du immer der perfekte Gentleman. Ich hatte keine Ahnung, dass dir wirklich etwas an mir liegt.«

Seine Mundwinkel kräuselten sich zu einem Lächeln nach oben und seine Augen lächelten mit. »Mein Vater hätte das gerne gehört, denn so haben meine Eltern mich erzogen. Zu dem Mann, der so hemmungslos mit dir geflirtet hat, wollten sie mich ganz bestimmt nicht machen.«

»Warum hast du es dann getan?« Was er sagte, machte sie ein wenig ratlos. »Nicht, dass ich etwas dagegen hätte«, fügte sie schnell hinzu. »Ich bin nur neugierig, weil es so gar nicht zu dir passt und mich deshalb auch ziemlich durcheinandergebracht hat.«

Seine Augen verdunkelten sich und er tat das fast Unmögliche und trat noch ein wenig näher. »Ich bin ein bisschen vom Weg abgekommen. Man könnte fast sagen, das Flirten war ein Akt der Verzweiflung, denn ich fand dich irgendwie verändert und ein bisschen reserviert. So als würdest du den Glauben an mich verlieren. Das klingt seltsam, ich weiß, denn eigentlich hast du mir ja gar nicht gehört. Aber ich habe eine Möglichkeit gesucht, auf dich zuzugehen, und hatte das Gefühl, dass du unschlüssig bist und mit dir ringst.«

Gütiger Himmel, das hast du mir angemerkt?

Sie hatte geglaubt, er würde sie nicht einmal registrieren,

und hatte die Hoffnung schon aufgeben wollen. Dann hatte er begonnen, mit ihr zu flirten, und ihr damit gezeigt, dass er sie durchaus auf seinem Radar hatte. Doch nach einer Weile hatte sie sich gefragt, ob er wirklich an ihr interessiert war oder nur mit ihr spielte. Seither glich ihr Gefühlsleben einer Achterbahnfahrt.

»Und warum gerade jetzt?«, brachte sie mühsam hervor.

»Nach dem Tod meines Vaters hat es noch eine Weile gedauert, bis meine Mutter wieder nach vorn schauen konnte, und auch ich musste das erst wieder lernen. Als das geschafft war, habe ich dich angesehen und wusste, dass die Zeit für uns beide nun reif ist.«

Er senkte das Gesicht zu ihrem. Sein Hut schirmte sie ab und gab ihr das Gefühl, sie wären allein, obwohl sie von Menschen umgeben waren. Cals Hand wärmte ihren Hals und ließ Hitze über ihren Rücken strömen. Sein liebevoller Blick hielt sie fest. Diesen Augenblick wollte sie sich für immer einprägen, sich von nun an daran erinnern, dass ihr Herz so heftig gehämmert hatte, als hätte es nur den einen Wunsch – nämlich direkt an seinem zu schlagen. Sie wollte immer daran denken, wie Cal ihr die Zweifel genommen hatte, und dieses wunderbare Gefühl von Ruhe und Frieden festhalten. Es kam zusammen mit der Gewissheit, dass er nicht mit ihr gespielt hatte. Er war nur vorsichtig gewesen, zurückhaltend, und hatte auf den richtigen Moment gewartet. Und er war genauso nervös wie sie.

»Fühlst du es, Rachel? Ist unsere Zeit jetzt gekommen, oder hat dieser Cowboy seine Chance bei der einzigen Frau, die er haben will, vertan?«

Ohne zu zögern, legte sie die Hände an seine breiten Schultern, zog sich an ihm hoch auf die Zehenspitzen und endlich – *gütiger Himmel, endlich* – konnte sie die Lippen auf seine pressen. Weil sie viel zu aufgeregt war, geriet die erste Berührung ein wenig zittrig und sehr vorsichtig. Nach Jahren der Sehnsucht hatte sie Angst, diesen Kuss zu vermasseln. Doch dann schlang Cal seinen freien Arm um ihre Taille, drückte sie an sich und strich mit seiner Zunge über den Spalt zwischen ihren leicht geöffneten Lippen. Im Nu fiel die Nervosität von ihr ab und ihr viel zu lange unterdrücktes Verlangen brach sich Bahn. Cals Küsse waren nicht wild oder hastig, sie waren tief und sinnlich, so als wollte er jede Sekunde genauso genießen wie sie. Sie hob sich noch ein wenig höher auf die Zehenspitzen, seine Hand lag auf ihrem Rücken und hielt sie ganz fest. Dieser Mann fühlte sich so wunderbar hart an, von den muskulösen Oberschenkeln bis zu seiner breiten Brust, genau wie jeder Quadratzentimeter dazwischen.

Als seine Küsse schließlich leichter und zärtlicher wurden, konnte sie nicht widerstehen und vergrub die Hände in seinem Haar. Sie wollte mehr von ihm spüren. Sein Haar war voll und dick, genau wie sie es sich vorgestellt hatte. Der Hut fiel ihm vom Kopf, doch das war für sie beide kein Grund aufzuhören. Rachel wusste nicht, wie lange sie sich unter dem Baum mit den kleinen Lichtern küssten und wie viele Festbesucher sie dabei sahen. Aber das war ihr egal. Endlich lag sie in Cals Armen, und sie wünschte sich, dieser Augenblick würde niemals vergehen.

Drei

In der Stunde, die seit ihrem ersten Kuss vergangen war, hatte Cal Rachel sicher hundert Mal geküsst, und mit jedem Mal wurde das Kribbeln stärker und noch tiefere Gefühle stellten sich ein. Arm in Arm schlenderten sie über das Festgelände und schauten sich die verschiedenen Stände und Buden an. Doch er war zu betrunken von ihr und hatte nur Augen für sie. Sie holten sich Grillfleisch mit Pommes, aßen gemeinsam von einem Teller, und schauten dann einer Gruppe Kinder beim Würstchenbraten an dem zünftigen Lagerfeuer zu, das traditionell zum Frühlingsfest gehörte.

»Sind sie nicht süß mit ihren kleinen Cowboyhüten und den herzigen Mini-Cowboystiefeln?« Rachel schmiegte sich an Cal. »Ich wette, in ihrem Alter warst du immer mittendrin dabei.«

»Aber klar.« Gemächlich spazierten sie weiter. »Als kleiner Steppke fühlt man sich dabei wie einer von den coolen großen Jungs und ist mächtig stolz auf sich.«

»Wie kommt es, dass Little Hal heute Morgen bei dir war? Passt du öfter auf ihn auf?«

»Machst du Witze? Wenn sein Großvater nicht ausnahmsweise verhindert ist, kommt so schnell keiner an Little Hal ran.«

Hal Braden Senior liebte seine Enkel über alles, und wenn Little Hal nicht bei ihm oder seinem Vater Rex war, kümmerte sich meist ein anderes Mitglied der weitverzweigten Braden-Sippe liebevoll um den Kleinen. Heute hatten allerdings fast alle auf dem Frühlingsfest zu tun.

»Da hast du recht, und Jade ist schon gespannt, wie es wird, wenn ihr zweites Baby da ist.« Ein Trupp Kinder flitzte ausgelassen vorbei und Cal zog Rachel dicht an seine Seite. »Könntest du dir vorstellen, eines Tages eine eigene Familie zu haben?«, fragte sie.

»Ja, sehr gut sogar. In meinem Haus ist es mir oft viel zu still.« Cal war der älteste Sohn seiner Eltern und der einzige Spross, der, wie sein Vater und sein Großvater vor ihm, Pferde trainierte. Seine Schwester war Innenarchitektin, sein Bruder Pilot. Aber von seinem Vater hatte Cal mehr als nur die Liebe zu Pferden geerbt. Er war ein Familienmensch und der Wunsch nach einer eigenen Familie hatte ihn inzwischen heftig gepackt.

Er hielt Rachel noch ein wenig fester und fragte: »Und wie sieht es bei dir aus?«

»Mir geht es genauso. Noch während meiner Schulzeit konnte ich mir nicht vorstellen, Brüder und Schwestern zu haben. Mein Verhältnis zu meinen Eltern ist sehr eng, und als Einzelkind dachte ich, kein Vater und keine Mutter könnten mehr als ein Kind so sehr lieben wie mich. Aber im Lauf der Zeit bekommt man Einblicke in andere Familien und stellt fest, wie grenzenlos Liebe sein kann. Du weißt, dass ich mit Emily und ihren Cousinen und Cousins befreundet bin, und der Braden-Clan ist riesig. Je öfter ich mit den Bradens zusammen bin, desto mehr wünsche ich mir so etwas auch für meine Kinder.« Sie zeigte auf den Stand von ›Kuchenbäckerei und Haustierpflege Trusty‹ und ihre Augen weiteten sich. »Hast du schon mal Elisabeths River Pie probiert?«

»Bis jetzt noch nicht.«

»Sollen wir uns ein Stück holen?«

Cal lachte leise. »Alles, was dein kleines Herz begehrt.« Er beugte sich zu einem weiteren Kuss zu ihr, dann steuerten sie durch die Menge auf Elisabeths Verkaufsstand zu. »Hast du inzwischen das Gefühl, etwas verpasst zu haben, weil du keine Geschwister hast?«

»Nein«, antwortete Rachel. »Ich hatte viele Freundinnen und Spielkameraden und als Kind hat mir nichts gefehlt. Aber manchmal frage ich mich, wie es wohl wird, wenn meine Eltern eines Tages nicht mehr da sind. Ganz ohne Angehörige dazustehen, ist kein schöner Gedanke. Klar, ich habe einen großen Freundeskreis. Aber sicher wäre es dann tröstlich, einen Bruder oder eine Schwester zu haben, einen vertrauten Menschen, der schon mein ganzes Leben lang bei mir ist.«

In der Warteschlange vor dem Stand schmiegte Rachel sich an Cals Seite. »Ich wünschte, ich hätte für dich da sein können, als du deinen Vater verloren hast. Ich hätte dir so gerne beigestanden.«

»Danke. Das war eine richtig harte Zeit.«

»Er muss dir sehr fehlen.«

»Oh ja, er fehlt mir unbeschreiblich. Wenn ich im Pferdestall bin, habe ich oft das Gefühl, dass er da ist, und hier auf dem Fest spitze ich andauernd die Ohren, um sein Lachen zu hören.« Er zuckte die Achseln. »Ich stelle mir gerne vor, dass er uns sieht. Dass er auf uns herablächelt und Ratschläge schickt oder manchmal den Kopf über uns schüttelt. Weiß der Himmel, vermutlich ist er stinksauer, weil ich so hemmungslos mit dir geflirtet habe.«

Ein sexy Lächeln spielte um ihre Lippen. »Ich glaube, er

wäre stolz auf dich, weil du endlich in die Tat umsetzt, wovon du lange geträumt hast.«

»Danke, Darling. Das ist ein deutlich angenehmerer Gedanke.« Er zog sie zu einem Kuss an sich und sie legte die Arme um ihn.

»Wurde auch langsam Zeit.«

Die Stimme gehörte Steve Johnson, einem von Cals Freuden. Cal und Rachel ließen einander los und Rachels Wangen wurden schon wieder knallrot. Am liebsten hätte Cal dafür gesorgt, dass die Röte sich über ihren ganzen Körper zog, und Rachel so hingebungsvoll geliebt, dass sie in Zukunft allein durch die Erinnerung daran immer wieder erröten würde.

»Da kann ich nicht widersprechen.« Cal nickte lächelnd.

»Wo ist Shannon?«, fragte Rachel schnell, um ihre Verlegenheit zu überspielen.

»Meine süße Verlobte ist mit einem Trupp Mädels davongezogen. Ich glaube, sie wollten Kerzen machen.«

»Kerzen? Ach.« Rachels Augen blitzten. »Du hättest mitgehen sollen. Wie ich höre, kann Kerzenmachen lebensverändernd sein.«

Verdammt, Darling, gerade, als ich dachte, der Abend könnte nicht mehr schöner werden, sagst du so etwas.

»Danke. Aber nach all den Planungen für unsere Hochzeit ist mein Bedarf an lebensverändernden Ereignissen für die nächsten Monate gedeckt.« Steve winkte jemandem in einiger Entfernung zu und fragte dann Cal: »Startest du beim Rodeo?«

»Diesmal nicht.« Cal konnte es mühelos mit den besten Rodeoreitern aufnehmen, hatte sich aber nur für die Showeinlage mit Lukes Pferden angemeldet, denn er hatte die Zeit auf dem Fest lieber mit Rachel verbringen wollen. Jetzt war er froh über seine vorausschauende Planung. »Aber sobald wir ein Stück von Elisabeths River Pie gegessen haben, gehen wir zuschauen.«

»Habt ihr schon gehört, dass sie schwanger ist?«, fragte Steve.

»Wie bitte?« Rachel spähte an Cal vorbei zu Elisabeth, die gerade einer Kundin dabei half, den richtigen Pie auszusuchen. Elisabeth war mit Emilys Bruder Ross Braden verheiratet. »Man sieht ihr nichts an und Emily hat heute Morgen nichts davon gesagt.«

»Sie haben es heute Nachmittag bekanntgegeben, heute Morgen war Emily vermutlich noch ganz ahnungslos. Offenbar ist Elisabeth seit heute in der zwölften Woche. Shannon hat sich vorhin einen Pie geholt und meint, jetzt wo Ross' Liebste schwanger sei, wären ihre Pies noch köstlicher.« Steve senkte die Stimme, als könnte seine Verlobte ihn sonst hören, und sagte: »Ich glaube ja, das hat eher etwas mit Shannons Vorliebe für pinkfarbenen Zuckerguss zu tun. Elisabeth sorgt immer dafür, dass sie genug davon abbekommt. Und jetzt lasst es euch schmecken, ihr beiden. Bis später.«

Nachdem Steve davonmarschiert war, holten sie sich ein Stück Pie, setzen sich an einen Picknicktisch und teilten sich die süße Köstlichkeit.

»Mund auf, Darling.« Cal hielt eine Gabel River Pie mit einer cremigen Füllung aus weißer Schokolade und dunklen Schokostückchen und einem Guss aus Marshmallowcreme in die Höhe.

Rachel blinzelte versonnen. »Mir ist fast, als würde ich träumen und müsste morgen beim Aufwachen feststellen, dass das alles nie wirklich passiert ist.«

Cal legte die Gabel auf den Teller und setzte sich mit dem Gesicht zu ihr rittlings auf die Bank. »Für mich ist das hier so real, wie es nur sein kann, Rach. Ich weiß, ich habe mir viel Zeit gelassen, und du bist vermutlich Männer gewöhnt, die schneller sagen, was Sache ist. Aber ich musste erst mal meine Welt unter Kontrolle bekommen, bevor ich dich einladen konnte, sie mit mir zu teilen.«

»Erstens bin ich nicht an Männer irgendeiner Art gewöhnt«, sagte sie sanft. »Und zweitens war das sehr rücksichtsvoll von dir. Aber jeder durchlebt irgendwann schwierige Phasen, und sie gemeinsam zu bewältigen, macht ein Paar nur stärker.«

»Sicher hast du recht. Aber ich wollte der Mann sein, den du verdienst, nicht einer, der schon zu Anfang unserer Beziehung gebrochen ist. Jetzt kann ich nach vorn blicken, denn mir droht kein herzzerreißender Verlust, der mich in die Knie zwingt. Und ich brauche nicht mehr meine ganze Kraft, um meiner Familie wieder auf die Füße zu helfen. Zumindest nicht im Augenblick. Ich weiß, meine Mutter wird nicht ewig leben …« Er nahm ihre Hand. »Doch ich hoffe, wenn ihre Zeit gekommen ist, werden du und ich längst fest zueinander gehören. Bis es irgendwann so weit ist, wirst du mich von vielen guten Tagen her kennen, und der Schmerz wird leichter zu ertragen sein, weil wir ihn gemeinsam schultern. Der Ball liegt in deinem Feld, Rachel. Wir beide werden so real sein und so lange zusammengehören, wie du es willst.«

Sie stemmte sich hoch und setzte sich ebenfalls rittlings auf die Bank. Dann legte sie die Hände auf seine Oberschenkel, beugte sich vor und schaute ihm in die Augen. »Wenn das so ist, steige ich voll ein, Cal Hayden. Aber tu mir nicht weh, okay?«

Ein überglückliches Grinsen trat auf seine Züge. Er nahm ihr Gesicht zwischen die Hände und sagte: »Der einzige Schmerz, den du vielleicht spüren wirst, ist, wenn ich dich vor lauter Freude und Aufregung zu heftig küsse, Darling.«

»Das ist der schönste Schmerz, den ich mir vorstellen kann.«

Kurze Zeit später stießen sie auf den Zuschauerrängen zu Callie, Emily, Emilys Mutter Catherine und einigen anderen Mitgliedern der Braden-Familie. Wes und Cutter zeigten gerade in der Arena ihr Können. Die Menge tobte, während die beiden Broncos ritten, mit dem Lasso Kälber einfingen und ein Jungrind zu Boden rangen. Cal stellte sich mit Emilys Ehemann Dae und Emilys anderen Brüdern direkt an den Zaun und feuerte die beiden an. Rachel setzte sich mit den Frauen auf die Holzbänke und berichtete strahlend von ihrem neu gefundenen Glück mit Cal.

»Endlich!« Emily umarmte sie zum zehnten Mal in ebenso vielen Minuten. »Wir haben ewig zugeschaut, wie ihr beide umeinander herumgeschlichen seid und nicht sehen wolltet, was uns allen längst klar war. Und wir waren kurz davor, euch zusammen in ein Schlafzimmer zu sperren und euch erst wieder rauszulassen, wenn ihr einander nackt gesehen habt.«

»Emily!« Rachel lachte. Cal hatte Emily offenbar gehört, denn er wandte sich um und warf Rachel ein so sündiges Lächeln zu, dass ein Wirbelsturm aus Gefühlen über sie hereinbrach.

Er nahm seinen Stetson ab und setzte ihn ihr auf den Kopf. Mit dem zerzausten blonden Haar, das seine kobaltblauen Augen noch blauer erscheinen ließ, sah er noch hinreißender aus als sonst. Der Stetson war noch warm von seinem Kopf und sank ihr bis auf die Ohren. Mit dem Zeigefinger stupste er vorn gegen die Krempe, schob ihr den Hut in den Nacken und sagte: »Verdammt, mein Mädchen sieht heiß aus mit meinem Stetson.«

»Heiß und vergeben«, kommentierte Emily.

»Und das wurde auch Zeit, junger Mann«, fügte Catherine hinzu. »Es überrascht dich vielleicht, aber diese hübsche junge Dame hat ganz oben auf meiner Liste von Singles gestanden, die dringend verkuppelt werden müssen. Spätestens im Winter hätte ich einen Mistelzweig aufgehängt und sie überredet, sich einen Junggesellen zu schnappen und ihn darunter zu küssen.«

Cal drückte die Lippen auf Rachels, dann grinste er Catherine an. »Der Einzige, den sie von nun an küssen wird, bin ich, Ms. B. Aber falls du trotzdem einen Mistelzweig aufhängen möchtest, komme ich gern mit meinem Mädchen vorbei und werde ihn lange und ausgiebig nutzen.« Lachend wandte er sich wieder dem Geschehen in der Arena zu.

»Frecher kleiner Teufel«, murmelte Catherine. Dann beugte sie sich vor, griff über Emily hinweg und tätschelte Rachels Bein. »Aber er ist ein guter Mann, Honey.«

»Ich weiß.« Rachel berührte versonnen seinen Hut. »Und ich weiß es schon sehr lange.«

»Autsch, autsch, autsch.« Callie legte eine Hand auf ihren kugelrunden Babybauch und sog zischend die Luft durch ihre zusammengebissenen Zähne.

»Was ist denn?«, fragten Catherine und Emily erschrocken.

Callie war blass geworden. »Dieses Ziehen habe ich schon seit ein paar Tagen immer wieder. Aber heute Abend ist es schlimmer als sonst. Den Arzt haben wir schon angerufen, und der meinte, so kurz vor dem Geburtstermin seien Braxton-Hicks-Kontraktionen ganz normal. Ich erschrecke aber trotzdem jedes Mal.«

Lukes Frau Daisy beugte sich vor und sagte: »Dein Arzt hat recht, Callie. Manche Frauen schlagen sich bereits Wochen vor der Geburt damit herum.« Daisy betrieb die Hausarztpraxis in der Stadt.

»Das will ich mir gar nicht vorstellen«, stöhnte Callie. »Rein rechnerisch müsste das Baby nächste Woche kommen, und ich schwöre, wenn es sich auch nur um einen Tag verspätet, marschiere ich von einem Ende von Trusty zum anderen und wieder zurück, bis die Wehen einsetzen.«

Die Frauen lachten.

»Soll ich dir etwas zu trinken holen?«, fragte Rachel.

»Nein danke. Das Kleine sitzt direkt auf meiner Blase. Wenn ich trinke, muss ich pinkeln, und der Weg bis zu den Toiletten ist weit.« Callie rieb sich den Bauch. »Ich kann es kaum erwarten, unser Baby kennenzulernen.«

»Und ich freue mich schon darauf, es nach Strich und Faden zu verwöhnen.« Emily warf einen Blick zu Dae, der zusammen mit den anderen Männern gebannt das Rodeo verfolgte. »Wir versuchen auch gerade, schwanger zu werden.«

»Wirklich?«, fragte Fiona. »Bei uns ist das inzwischen ebenfalls ein Thema. Jake hat gestern Abend plötzlich davon angefangen. Vielleicht weil es bei Callie nun bald so weit ist.«

»Ich glaube eher, das liegt an seiner sexy Frau.« Catherine zwinkerte Fiona zu.

»Ihr werdet alle wahnsinnig süße Babys kriegen!«, sagte Rachel.

Daisy warf Catherine ein warmes Lächeln zu. »Wir möchten gern ein Kind adoptieren.«

»Tatsächlich?«, fragte Emily. »Will es bei dir und Luke mit einer Schwangerschaft nicht klappen?«

»Wir haben es noch gar nicht versucht und wünschen uns

irgendwann auch eigenen Nachwuchs«, erklärte Daisy. »Aber es gibt so viele Kinder auf der Welt, die niemanden haben. Wir fühlen uns unglaublich reich beschenkt und erfahren so viel Liebe, dass wir gerne etwas davon an ein Kind weitergeben möchten, das Zuwendung und eine Familie braucht.«

»Was für eine schöne Idee«, antwortete Emily. »Dae ist auch adoptiert, das wisst ihr ja, und wir haben uns ebenfalls schon Gedanken darüber gemacht. Aber er möchte gern seinen Familienzweig am Leben halten.«

»Das kann ich verstehen«, sagte Rebecca.

»Wann habt ihr euch denn für eine Adoption entschieden?«, fragte Rachel.

»Das ist schon eine Weile her. Aber wir wollten es für uns behalten, bis wir den Prozess in die Wege geleitet und Aussicht auf Erfolg haben. Eigentlich hätten wir es euch heute Nachmittag gesagt. Aber dann haben Elisabeth und Ross uns mit ihrer großartigen Neuigkeit überrascht, und wir fanden, die Bühne sollte ihnen allein gehören«, antwortete Daisy.

»Mit euch würden wir die Bühne jederzeit teilen!« Elisabeth warf sich das blonde Haar über die Schulter und umarmte Daisy. Die beiden blonden Frauen hätten Schwestern sein können.

Callie griff sich erneut an den Bauch und schaute Daisy flehentlich an. »Wenn das Übungskontraktionen sind, werden die richtigen Wehen scheußlich werden.«

»Du kriegst eine Periduralanästhesie«, antwortete Daisy. »Und nach der Geburt sind sowieso alle Schmerzen vergessen, weil du dich viel zu sehr über das kleine Menschlein in deinen Armen freuen wirst.«

»Das sagen alle, aber im Moment kann ich mir das noch nicht so recht vorstellen.« Ein paar Minuten später drückte

Callie erneut die Hände an den Bauch. »Oh!« Sie verzog das Gesicht. »Daisy?«, fragte sie. »Woher weiß ich, wann es richtige Wehen sind?«

»Braxton-Hicks sind normalerweise nur ein bisschen schmerzhaft, machen aber keine starken Schmerzen.«

»Was gerade passiert, ist mehr als ein bisschen schmerzhaft«, presste Callie hervor.

»Wird es heftiger? Werden die Abstände kürzer?«, fragte Daisy.

»Ja, allerdings.« Callie biss sich auf die Unterlippe. »Wann ist denn das Rodeo zu Ende?«

»Vergiss das Rodeo, liebes Kind«, sagte Catherine. »Lass uns lieber deinen Arzt anrufen.«

Callie fischte ihr Telefon aus der Tasche und gab es Catherine. »Dr. Weiss müsste ziemlich weit oben auf meiner Anrufliste stehen.«

»Können wir etwas tun?«, fragte Rachel. Callies leicht panischer Blick beunruhigte sie.

Daisy massierte Callie den Rücken. »Am besten, wir helfen ihr auf. Die Bänke sind ziemlich unbequem.« Sie half Callie von der Bank hoch. »Braxton-Hicks-Kontraktionen bekommt man manchmal durch Bewegung in den Griff.«

Cal wandte sich um und legte eine Hand auf Rachels Rücken, während die Frauen sich aus den gut besetzten Bankreihen schoben. »Alles in Ordnung, Darling?«

»Ich denke schon, aber wir gehen ein paar Schritte mit Callie. Das Sitzen tut ihr wohl nicht gut.« Sie setzte ihm seinen Hut auf dem Kopf und gab ihm einen schnellen Kuss, aus dem er einen zärtlichen, tieferen machte.

»Wow, hör bitte niemals damit auf, okay?« Strahlend wandte sie sich ab, um den anderen Frauen zu folgen.

Cal gab ihr zum Abschied einen kleinen Klaps auf den Hintern. Als sie sich überrascht zu ihm umwandte, hauchte er ihr einen Kuss zu.

Auf der Festwiese holte sie die anderen Frauen ein. Callie drückte bald erneut stöhnend die Hände an den Bauch. Während Catherine mit Callies Arzt telefonierte, versuchten alle anderen, Callie irgendwie beizustehen. Sie redeten wild durcheinander und diskutierten aufgeregt, ob vielleicht tatsächlich schon richtige Wehen eingesetzt hatten.

»Okay, keine Experimente«, sagte Daisy, als die nächste Kontraktion abgeebbt war. »Wir bringen dich jetzt ins Krankenhaus. Bei Braxton-Hicks bleibt dir nicht die Luft weg. Wir brauchen Wes.«

»Cal kann ihn sicher holen.« Rachel rannte zu Cal zurück und zog an seinem Shirt. Er fuhr herum und sie erklärte hastig: »Callie hat Wehen, wir brauchen Wes.«

»Wehen?« Jake drehte sich um. »Wo ist sie?«

»Ich hole Wes«, sagte Luke. »Wo ist Daisy?«

»Daisy ist bei ihr.« Rachel zeigte in die Richtung, in die die Frauen gegangen waren. »Die anderen sind auch bei ihnen, aber alle sind ziemlich aufgeregt.«

»Ich hole Wes, du kümmerst dich um die Mädels«, sagte Cal zu Luke.

Luke marschierte los, drehte sich aber nach zwei Schritten noch einmal um. »Und meine Pferde?«

»Um die kümmere ich mich. Gib mir die Schlüssel für deinen Truck. Ich verlade deine Hübschen, bringe sie zum Hof und fahre den Truck hierher zurück«, sagte Cal. »Kann dich irgendwer später herfahren?«

»Mit Sicherheit.« Luke gab ihm die Schlüssel. »Daisy hat Zweitschlüssel für den Truck. Die hier kannst du dann im

Handschuhfach lassen. Danke, Mann.«

»Kein Problem. Geh zu deiner Familie.«

»Ich helfe dir«, bot Rachel an, während Luke und seine Brüder zu den Frauen eilten.

»Dann mal los, schöne Frau.« Cal griff nach Rachels Hand.

Einen halben Schritt vor ihr pflügte er sich durch die Menge bis zum Tor der Arena. Ihre Hand ließ er dabei nicht los. Groß, stark und selbstbewusst steuerte er auf einen untersetzten Mann in einem Flanellhemd zu und erklärte ihm, was los war. Der Mann sagte etwas in sein Funkgerät und schon Sekunden später stand ein Helfer auf einer erhöhten Plattform und schwenkte eine weiße Flagge. Dabei zeigte er auf Wes.

Wes sprang vom Pferd, übergab einem weiteren Helfer die Zügel und rannte aus der Bahn. Mit weit aufgerissenen Augen und ziemlich atemlos stieß er hervor: »Ist was passiert?«

Cal antwortete in ruhigem Ton: »Callie hat Wehen. Du musst los.«

»Heilige Scheiße. Wir haben Wehen!« Wes klopfte Cal auf den Rücken, umarmte Rachel und rief: »Wir haben Wehen!« Dann rannte er in die Richtung, in die Cal zeigte, als stünden die Sohlen seiner Stiefel in Flammen.

Rachel drückte eine Hand an ihre Brust und versuchte, ihr jagendes Herz zu beruhigen. »Wie kannst du bloß so gelassen sein?«

Cal nahm sie in die Arme und schaute ihr in die Augen. Sofort schlug ihr aufgeregtes Herz noch ein bisschen schneller. »Wenn man auf einer Ranch aufwächst, Darling, lernt man früh, dass in ungewöhnlichen Situationen Angst und Aufregung Menschen und Tiere nur noch ängstlicher und aufgeregter machen.«

»Ich bin beeindruckt, aber ich weiß nicht, ob ich es je

schaffen werde, so ruhig zu bleiben, während alle anderen verrücktspielen.«

»Keine Sorge, das musst du nicht. Ich werde da sein und dich festhalten, selbst mitten in einer Stampede.«

Als er die Lippen auf ihre drückte, wünschte sie sich stumm eine Stampede herbei.

Vier

Nach dem Rodeo verlud Cal zusammen mit Cutter Wes' Pferde, damit Cutter sie zu der Gästeranch fahren konnte, die Wes vor der Stadt betrieb. Rachel machte sich nützlich und verstaute die Satteldecken und Halfter. Dass sie sich nicht scheute, sich die Hände schmutzig zu machen, machte Cal noch ein bisschen glücklicher. Anschließend half sie ihm, Lukes Pferde zu verladen. Als die Tiere sicher im Hänger standen, nahm Cal ihre Hand und marschierte mit ihr vom Stalltrakt zum Kunsthandwerkszelt.

»Die packen sicher bald zusammen«, sagte Rachel. Mit seinen langen Schritten mitzuhalten, war nicht leicht. »Müssen wir nicht die Pferde nach Hause fahren?«

»Doch, und das tun wir auch gleich.« Er stahl sich einen Kuss, dann setzte er hinzu: »Aber zuvor müssen wir noch unsere Kerzen holen.«

»Ach herrje, die habe ich bei der ganzen Aufregung komplett vergessen.«

Sie eilten über die Festwiese und erreichten den Kerzenstand im Zelt gerade noch rechtzeitig. Dort ließen sie sich die Kerzen geben und brachten sie zu Cals Truck.

Auf dem Weg zurück zu den Pferden blieb Cal stehen und

nahm Rachel in die Arme. »Tut mir leid, dass unser Abend nun doch nicht uns allein gehört.«

Sie erwiderte seine Umarmung. »Halb so schlimm«, antwortete sie. »Es ist schön, dich bei der Arbeit zu sehen, die du so liebst. Und dass du Luke und Wes deine Hilfe angeboten hast, ohne auch nur eine Sekunde zu zögern, war beinahe so herzerwärmend, wie dich im Diner mit Little Hal anzutreffen.«

Er streifte ihre Lippen mit seinen und spürte eine Flutwelle von Gefühlen heranrollen. »Herzerwärmend? Wirklich? Was muss ich tun, damit aus herzerwärmend verführerisch wird?«

»Dafür musst du einfach nur du selbst sein. Mehr ist nicht nötig.«

»Darling, das ist so ziemlich das Süßeste, was ich je gehört habe.« Er küsste sie und sofort fanden ihre Finger wieder in sein Haar. Sein Hut landete schon zum zweiten Mal auf dem Boden. Sie lächelten beide in den Kuss.

»Ist als Nächstes mein Shirt dran?«, scherzte Cal leise.

»Vielleicht«, flüsterte sie. »Aber vorher müssen wir uns noch eine Weile küssen.«

Darum musste sie ihn nicht zweimal bitten.

Eine Stunde später kamen sie auf Lukes Ranch an. Rachel half Cal, die Pferde in den Stall zu bringen.

»Hey, Rachel, Darling.« Er strich einer der Stuten übers Fell. »Wenn die Pferde den ganzen Tag unterwegs waren, sorgt Luke gern dafür, dass sie nach ihrer Rückkehr wieder ganz und gar ruhig werden. Ungefähr so, wie wenn man einem Kind eine Gutenachtgeschichte vorliest. Macht es dir was aus, wenn ich die beiden Hübschen hier noch ein bisschen bürste? Die meisten Pferde entspannen sich dabei wie von selbst, und ich mache das gerne, wenn auch normalerweise nicht so spät am Tag.«

»Kein Problem.« Sie schob sich neben ihn und hakte einen Finger in eine seiner Gürtelschlaufen. »Kannst du mir beibringen, wie man das macht? Ich habe noch nie ein Pferd geputzt.«

»Im Ernst? Du willst es probieren? Das zeige ich dir gern, meine Süße.« Er nahm sie in die Arme und sagte: »Du bist noch viel wunderbarer, als ich dachte.«

»Weil ich etwas tun möchte, was dir Spaß macht?«

»Pass auf, was du sagst. Das könnte man so oder so verstehen.«

»Vielleicht ist das ja meine Absicht.« Sie stellte sich auf die Zehenspitzen und küsste ihn.

Hitze jagte durch seinen Körper.

»Ruhig, Junge«, flüsterte sie, als ihre Lippen sich wieder trennten.

»Das ist pure Folter, Baby. Aber ich möchte mit niemandem tauschen.«

Kichernd schaute sie zu, wie er sich eine Bürste schnappte und zu einem der Pferde in die Box ging.

»Das ist Chelsea.« Er streichelte die Stute seitlich am Kopf und sie drückte die Nüstern an seine Brust. »Na, mein großes Mädchen? Du hast deine Sache heute prima gemacht. Jetzt bürsten wir dich noch ein bisschen. Das magst du doch.« Er schob die Mähne des Pferdes auf die andere Seite des Halses und sagte: »Chelsea ist ein Tobiano. Das heißt, ihre Grundfarbe ist dunkel, in ihrem Fall sogar schwarz, und die weißen Schecken verlaufen quer über ihren Rücken.«

Wenn Cal ein Pferd striegelte, konzentrierte er sich immer ganz auf das Tier. Doch als er die Bürste an Rachel weitergab und sich hinter sie stellte, streifte sein Körper ihren. Ihr süßer Duft überlagerte den vertrauten Stallgeruch, und es fiel ihm schwer, sich nicht davon ablenken zu lassen.

»Lukes Pferde sind Tinker und die haben ein dickeres Fell als viele andere Rassen«, erklärte er, um sich davon abzulenken, wie weich Rachels Körper sich anfühlte. Die Hand auf ihre gelegt, drückte er die Bürste an den Hals des Pferdes. »Sie mögen es, wenn man sie putzt, weil ihnen manchmal die Haut juckt. Normalerweise hole ich erst mit einem Striegel den Schmutz aus dem Fell. Aber heute Abend geht es weniger darum, die Pferde zu säubern. Sie sollen vor allem ruhig werden. Deshalb arbeiten wir mit langen, gleichmäßigen Bürstenstrichen.« Er bewegte Rachels Hand mit der Bürste über Chelseas Hals. »Etwa so.«

»Lang und gleichmäßig«, wiederholte sie atemlos.

»Ja, richtig«, sagte er bei ihrem nächsten Versuch.

Jede Bewegung brachte ihre Körper näher zueinander und machte sein Verlangen nach ihr noch größer. Rachel roch so betörend und er wollte sie so sehr. Er konnte nicht anders, er ließ ihre Hand los, nahm ihr Haar zusammen und legte es über ihre Schulter. Als er den Mund zu ihrem Hals senkte und sie dort küsste, blieb ihre Hand mit der Bürste unbeweglich auf dem Pferdehals liegen. Bei seinem nächsten Kuss stieß Rachel die Luft aus wie bei einem langen, fast lautlosen Seufzen. Sie lehnte den Rücken an ihn, und er war sicher, dass sie spürte, wie hart er bereits war. Verdammt, das fühlte sich gut an. Eigentlich war es nicht fair, sie zu küssen, wo sie doch lernen wollte, wie man ein Pferd bürstete. Widerstrebend rückte er ein wenig von ihr ab, legte wie zuvor die Hand über ihre und bürstete gemeinsam mit ihr weiter. Als Rachel sich dabei erneut an ihn lehnte, spürte er durch ihren Rücken hindurch ihren heftigen, schnellen Herzschlag.

»Ist das gut so?«, fragte sie leise.

»Perfekt.«

Sie drehte den Kopf zur Seite und legte damit die zarte Haut ihres Halses frei. Er konnte nicht widerstehen und küsste die Stelle noch einmal. »Du duftest wie Blumen.« Er holte tief Luft und drückte die Lippen neben ihr Ohr. »So süß.«

Ihre Hand wurde erneut langsamer, dann sagte sie: »Première von Gucci. Mein Lieblingsparfüm.«

»Meines jetzt auch.«

Bebend vor Verlangen küsste er sie auf die Wange, dann mit geschlossenen Augen auf den Hals. Sofort lief in seinem Kopfkino ein Film ab, in dem er sie auszog und gleich hier im Pferdestall liebte. Erschrocken riss er die Augen auf. Das hier war nicht *sein* Stall!

Sich von Rachel zu lösen, fiel ihm unsagbar schwer, doch er zwang sich, einen Schritt beiseitezutreten und sich neben sie zu stellen. Sie bürstete konzentriert weiter und linste nur hin und wieder aus dem Augenwinkel zu ihm herüber. Bei jedem der gestohlenen Blicke überzog eine sanfte Röte ihre Wangen und Cal fand sie noch schöner als zuvor. Sein Wunsch, sie anzufassen, wurde so groß, dass seine Fingerspitzen kribbelten. Vorsichtshalber schnappte er sich eine Bürste und stellte sich auf die andere Seite des Pferdes. Er brauchte eine Barriere zwischen ihr und ihm, sonst würde er vielleicht eine Grenze überschreiten, die er nicht überschreiten sollte.

»Geht das denn?«, fragte sie. »Wird das Pferd nicht unruhig, wenn man es auf beiden Seiten gleichzeitig bürstet?«

»Nein, das ist kein Problem. Außerdem müssen wir uns auf Chelsea konzentrieren, und das geht besser, wenn ich hier drüben stehe.«

In Rachels hellgrüne Augen trat Verlangen, und er musste seine gesamte Willenskraft aufbieten, um die Bürste nicht einfach wegzulegen.

Ein paar Minuten lang arbeiteten sie schweigend. Doch die Hitze zwischen ihnen war mindestens so greifbar und real wie das Pferd. Rachel spürte sie offenbar auch, denn sie fragte mit zittriger Stimme: »Striegelst du deine eigenen Pferde abends auch?«

»Normalerweise nicht. Aber am Ende des Tages gehe ich meist noch einmal zu ihnen. Die Stimmung ist dann immer sehr friedvoll und Pferde sind gesellige Tiere. Sie mögen es, wenn ich bei ihnen bin.«

»Ich mag das auch.« Rachels sexy Augen schauten ihn kurz an, und schon flog eine ganze Serie hungriger kleiner Blicke über den Rücken der Stute hinweg zwischen ihnen hin und her.

»Was ist mit ihren Beinen?«, fragte Rachel, als Cal wieder auf ihre Seite kam.

»Heute ist das Putzen nur eine Art Betthupferl. Deshalb können wir die Beine auslassen.«

Sie verließen Chelseas Box und gingen zu dem zweiten Pferd, das mit beim Frühlingsfest gewesen war. »Das ist Shaley, eine ganz Süße. So wie du.« Er zog Rachel an sich und küsste sie lange und tief. Es war ein Kuss, der keinen Raum für Zweifel ließ und ihr deutlich sagte, wie viel mehr er noch wollte. Als ihre Lippen sich trennten, hätte er Rachel am liebsten gar nicht mehr losgelassen. Aber Cal war ein Mann, der zu seinem Wort stand. Und Luke zählte auf ihn. Zwar hatte Luke ihn nicht gebeten, die Pferde zu bürsten, aber er konnte sich unmöglich nur um das eine kümmern und das andere links liegenlassen.

Er zwang sich, einen Schritt zurückzuweichen, dann bürsteten sie gemeinsam Shaley. Dabei unterhielten sie sich über Callie und Wes und das Fest. Die Zeit verging wie im Flug. Cal war schon vor Rachel fertig und nutzte die Gelegenheit, sich hinter sie zu stellen und die Arme um sie zu legen, während sie ihre Seite des Pferdes fertigbürstete.

Er wusste, dass er das eigentlich hübsch bleibenlassen sollte, doch er küsste sie auf die Wange und flüsterte ihr ins Ohr: »Deine Haut ist so wunderbar weich. Ich wollte sie schon so lange berühren und dich küssen.«

Ihre Hand bewegte sich langsamer und er setzte hinzu: »Tut mir leid, dass ich dich ablenke. Dem Pferd gegenüber ist das nicht fair und uns beiden gegenüber auch nicht. Aber ich kann einfach nicht widerstehen.«

»Wenn ich verspreche, mit dem Bürsten nicht aufzuhören, küsst du mich dann weiter?«, fragte sie leise.

»Ich glaube nicht, dass ich dir je einen Wunsch abschlagen könnte, Darling.« Damit drückte er die Lippen an ihren Hals und saugte zärtlich an ihrer Haut. Ihre Augenlider schlossen sich flatternd. Er hob den Kopf. »Zu viel?«

»Nein«, hauchte sie atemlos. »Nicht aufhören …«

»Halte mich bitte in Zukunft davon ab, anderer Leute Pferde zu bürsten, Darling.«

Während er ihren Hals küsste und liebkoste, wurde ihr Atem schwerer. Sie schluckte ein paar Mal, bürstete aber eisern weiter und stahl sich damit noch tiefer in sein Herz. Er legte eine Hand auf ihre Hüfte und drückte sie an sich. Gleichzeitig zog er den weiten Kragen ihres Oberteils zur Seite, entblößte ihre schöne Schulter und küsste sie. In feurigen Wellen pulsierte das Verlangen durch seine Adern. Er knabberte an Rachels Hals, drückte die Hand an ihre Taille und tastete sich von dort aus höher. Seine Daumen streiften die Seiten ihrer Brüste und sie schnappte zittrig nach Luft. Dann wanderten seine Hände über ihren Bauch zu ihren Oberschenkeln, während sein Mund weiter ihre samtene, warme Schulter erforschte und ihren Hals streichelte, bis sie beide kaum noch atmen konnten und Rachel am ganzen Körper zitterte.

»Entschuldige bitte«, sagte er halbherzig. »Eigentlich solltest du eine Verbindung zu Shaley aufbauen.« Er legte die Hände an ihre Taille und trat ein wenig zurück.

»Ich spüre eine Verbindung«, flüsterte sie. »Mit ihr und mit dir.«

Im selben Moment drehte die Stute den Kopf und warf ihnen einen Blick zu, als wollte sie sagen: *Alles in Ordnung. Ihr beide könnt jetzt gehen.*

»Das war ihr und uns gegenüber nicht fair«, wiederholte Cal. Er nahm Rachel an der Hand und verließ mit ihr die Box. Immer wieder küssten sie sich, während er eilig die Bürsten wegräumte und die Stalltüren schloss. Lachend rannten sie zu Lukes Wagen und hielten sich dabei an den Händen. Dort konnte er keine Sekunde länger warten. Er nahm Rachel in die Arme und drückte den Mund auf ihren. Sie packte ihn an den Schultern und legte die Beine um seine Taille, während sie einander mit ihren Küssen verschlangen. Sie schmeckte heiß und süß und fühlte sich in seinen Armen einfach himmlisch an. Die betörenden kleinen Seufzer, die sie ausstieß, brachten ihn um den Verstand. Doch sie standen direkt vor Lukes Haus und konnten unmöglich noch weitergehen. Nicht jetzt und nicht hier.

»Wir sind bei Luke«, murmelte er zwischen zwei Küssen.

»Ich weiß. Wir hätten mit zwei Autos herfahren sollen. Jetzt müssen wir seinen Truck zurückbringen.« In ihren Augen tanzten Funken. »Fahr schnell.«

Auf der Fahrt zurück zum Festplatz war Rachel so nervös, dass sie kaum atmen konnte, und sie vermutete, dass ihr das in Gegenwart von Cal noch öfter passieren würde. Er zog sie dicht zu sich und legte den Arm um sie, seine große Hand umfasste ihre Schulter. Die Luft im Wagen schien vor lauter sinnlicher Spannung zu vibrieren. An den Ampeln gab es keine Worte, nur hungrige Küsse und frustrierte kleine Laute, wenn das Signal auf Grün sprang und sie voneinander ablassen mussten. Als sie den Festplatz erreichten, war Rachel ein kribbeliges Bündel aus Verlangen. Der Platz lag im Dunkeln, der Parkplatz war fast leer. Die wenigen Autos, die noch dort standen, kannte Rachel. Sie gehörten Emily und einigen anderen Mitgliedern der Braden-Familie. Vor einer Weile hatte Rachel mit einer Textnachricht bei Emily angefragt, wie es Callie ging. Emily hatte geantwortet, Callie läge noch in den Wehen und es würde wohl noch eine Weile dauern. Sie hatte versprochen, sich zu melden, sobald es Neuigkeiten gab. Unwillkürlich ging Rachel durch den Kopf, wie schicksalhaft es war, dass die Beziehung zwischen Cal und ihr in derselben Nacht zum Leben erwachte, in der Callies Kind geboren wurde.

Sie stellten Lukes Truck zu den anderen Wagen und eilten zu Cals. Dabei zog er sie an sich.

»Steht dein Auto auch hier?«

»Nein. Ich bin mit Emily gekommen.«

Er schaute ihr in die Augen, und die Stille zwischen ihnen dehnte sich aus, bis sie pulsierte wie ein Herzschlag.

Cal lehnte die Stirn an ihre und sagte: »Ich möchte nicht, dass du dich unter Druck gesetzt fühlst. Aber ich will nicht, dass der Abend schon endet.«

Sie hatte keine Ahnung, wie sie den Mut aufbringen sollte zu sagen, was sie empfand. Gleichzeitig hatte sie Angst davor, es nicht zu tun. Schließlich kam ihr die Wahrheit wie von selbst über die Lippen, und sie spürte, dass sie nicht nur das Richtige sagte, sondern das Einzige, was sie sagen konnte. »Dann nimm mich mit zu dir nach Hause, denn ich möchte auch, dass der Abend noch weitergeht.«

Zwanzig Minuten Herzklopfen später trugen sie ihre Kerzen vom Wagen zu Cals Haus. Rachel schaute ihn an. Im Mondlicht, das sich über die Berggipfel am Horizont ergoss, wirkten seine markanten Züge noch schöner, und als er das Gesicht zu ihr drehte, gebärdete ihr Magen sich wie wild. Bei jedem seiner Blicke brandeten noch tiefere Gefühle in ihr auf, bei jedem seiner Küsse wollten ihre Eingeweide schmelzen, und alles, was er sagte, klang unglaublich romantisch. Sie wusste nicht, ob es Cal war oder die Nacht oder ob es womöglich an beidem lag. Aber sie hatte ihr ganzes Leben in Trusty verbracht und nie hatte der Blick auf die Berge ihr Herz so erfüllt wie heute Nacht.

»Kommen dir Zweifel?«, fragte er leise.

»Nicht mal die allerkleinsten«, antwortete sie ehrlich. Das Lächeln, das er ihr daraufhin schenkte, jagte wohlige Schauer über ihren Rücken.

Er legte den Arm um ihre Schultern und der Vanilleduft einer der Kerzen vermischte sich mit seinem einzigartigen Geruch. Sie wartete nicht, dass er sie dichter an sich zog, sie drehte sich zu ihm, bereit für einen Kuss. Sein Mund war wie Seide, seine Küsse waren fordernd. Doch es waren vor allem die lustvollen Geräusche tief in seiner Kehle, die sie bis ins Innerste trafen.

»Komm mit mir, Darling«, sagte er an ihren Lippen und küsste sie bei jedem Schritt auf dem Weg zu den Verandastufen.

Er unterbrach seine Zärtlichkeiten nur lange genug, um sich

eine der Kerzen unter den Arm zu klemmen und die Haustür aufzuschließen. Rachels Blick fiel auf das Metallschild über den beiden Schaukelstühlen auf der Veranda. *Auch wenn einst die Winde meine Segel nicht mehr blähn, die Liebe zu meiner Familie wird niemals vergehn!* stand darauf geschrieben. Ihr Herz machte einen Sprung.

»Dieses Schild habe ich für deinen Vater machen lassen.«

Er folgte ihrem Blick. »Er hatte es von *dir*?«

Sie nickte. »An einem Nachmittag, kurz bevor er so schwer krank geworden ist, ist er mir mit deiner Mutter im Park begegnet. Wir haben lange zusammen auf einer Bank gesessen und geredet. Dein Vater hat mir Geschichten aus der Zeit erzählt, in der seine Kinder noch klein waren. Du, dein Bruder und deine Schwester. Es war, als würde er die Erinnerungen noch einmal durchleben, und ich konnte sehen, wie viel Freude es ihm machte, davon zu erzählen. Den Spruch auf dem Schild habe ich von ihm. Er hat mir gut gefallen, und ich fand, dass er viel über ihn und seine Familie aussagt. Deshalb habe ich, als er krank geworden ist, das Schild machen lassen. Eigentlich wollte ich es auch anmalen, aber Farbe kann abblättern, und ich dachte, wenn er schon nicht für immer leben kann, dann sollten wenigstens seine Gedanken weiterleben. Ein Freund meines Vaters arbeitet mit Metall. Er hat es für mich angefertigt.«

Cal legte die Arme um sie, tiefes Verlangen trat in seinen Blick. »Er hat es mir kurz vor seinem Tod geschenkt. Dieses Schild hat mich durch viele schwere Augenblicke getragen. Ich danke dir.«

Eng an ihn geschmiegt trat sie mit ihm über die Schwelle und ihre Sinne füllten sich mit den Holzdüften seines Heims. Die dunklen Dielen, der große, offene, aus Steinen gemauerte Kamin und die grob behauenen Holzbalken, die die hohe

Decke trugen, verströmten eine rustikale Gemütlichkeit. Zwei Wandleuchten warfen ihr Licht auf die Steine um den Kamin, auf dem dicken beigefarbenen Teppich davor standen eine einladende braune Couch und ein Ledersessel. Durch eine offene Tür an der anderen Seite des Raumes konnte Rachel das Fußende eines Bettes sehen. Ihre Nervenenden begannen zu kribbeln und sie lenkte ihren Blick zu der Treppe in der Ecke des Zimmers. Sie führte zu einer Galerie mit einem Schreibtisch und einem Stuhl. Eine weitere offene Holztür machte Rachel neugierig. Sie trat näher, sah links einige Bücherregale voller Familienfotos und konnte einen Blick in die geschmackvoll eingerichtete Küche werfen. Sie hatte nie darüber nachgedacht, wie Cals Haus wohl aussehen mochte. Aber jetzt, wo sie hier war, fand sie, dass es perfekt zu ihm passte. Es war ordentlich, dabei ungeheuer maskulin, und es lud zum Bleiben ein. Ohne darüber nachzudenken, malte sie sich aus, wie sie sich mit einem guten Buch auf die gemütliche Couch kuschelte.

»Wunderschön hast du es hier«, sagte sie, während Cal die Kerzen, die er hereingetragen hatte, auf den Kaminsims stellte.

»Danke.« Lächelnd nahm er ihr ihre Kerzen ab und stellte sie zu den anderen. Er zündete sie an und schaltete die Wandleuchten aus. »Jetzt, wo du hier bist, finde ich es noch schöner.«

Er zog sein Telefon aus der Tasche, tippte ein paar Mal aufs Display und legte es zu den Kerzen. Dann nahm er Rachel in die Arme. »Wir haben die Band auf dem Fest verpasst.«

Von seinem Telefon klang der romantische Countrysong »In Case You Didn't Know« von Brett Young. Rachel schmiegte sich fest an Cal. Das war eines ihrer Lieblingslieder, und von nun an würde sie sich immer, wenn sie es hörte, an diesen Augenblick erinnern. Cal war ein großartiger Tänzer. Jedes Mal, wenn sie ihn bei einer Veranstaltung hatte tanzen sehen, hatte sie sich in seine Arme gewünscht. Jetzt endlich verstand sie, weshalb er sie nie aufgefordert, sondern immer nur mit anderen getanzt hatte. Was aus ihnen geworden wäre, wenn sie früher zusammengekommen wären, würde sie nie erfahren. Doch sie tröstete sich damit, dass Cal sich so gut kannte und nur den richtigen Zeitpunkt abgewartet hatte. Als sie ihm jetzt in die Augen schaute und die tiefen Gefühle darin sah, öffnete sich ihr Herz noch weiter für ihn.

»Jedes Wort in dem Lied ist wie für dich allein geschrieben, Rachel.« Er sang den Text mit und verriet ihr damit, wie verrückt er nach ihr war und dass er ohne sie nicht leben konnte.

In seiner Stimme schwang tiefe Ehrlichkeit, und als er ihr mit dem Liedtext versicherte, dass sein Herz schon seit langer Zeit ihr gehörte, antwortete sie: »Meines gehört dir auch schon seit einer kleinen Ewigkeit, Cal.«

Sein Mund fand zu ihrem. Gemeinsam wiegten sie sich im Takt der Musik und hielten einander fest. Rachels Hände wanderten über seinen Rücken zu dem Hintern, den sie so oft heimlich bewundert hatte, dass ihr seine Form längst vertraut war. Cal lächelte an ihrem Mund. Sie schob die Finger in seine Gesäßtaschen und zog ihn noch fester an sich. An ihrem Bauch spürte sie seine Erregung, während ihre Zungen einander umtanzten. Seine Hände fanden über ihren Rücken zu ihrem Nacken. Oh, wie sie es liebte, von diesen großen, starken Händen angefasst zu werden. Cals Finger flochten sich in ihr Haar, sein Kuss wurde tiefer. Sie spürte, wie die Verbindung zwischen ihnen noch enger wurde, verlor sich in seinem Geschmack, in dem Gefühl seines Körpers und in der Liebe, die sie wie ein festes Band umschlang.

Nur verschwommen nahm sie wahr, dass das Lied endete und ein neues begann, denn ihre Küsse wurden hungriger und ihre Hände wollten mehr. Sie drängte sich an ihn, und als eine seiner Hände ihr Hinterteil packte, hörte sie sich leise aufstöhnen. Ohne nachzudenken, schob sie die Finger unter sein Shirt, spürte, wie seine Muskeln sich spannten und sich unter ihren Handflächen wölbten. Seine Hüfte zuckte, seine Härte war wie ein Versprechen, und die sündigen Laute, die er ausstieß, steigerten ihre Erregung. Als seine Hand an ihrem Hintern tiefer glitt und seine langen Finger mit der Hosennaht zwischen ihren Beinen spielten, spürte sie, wie sie feucht wurde.

Sie hatte so unendlich lange gewartet, hatte sich danach gesehnt, Cal zu küssen, ihn zu berühren und die seine zu werden. Deshalb warf sie nun alle guten Vorsätze und jede Vernunft über Bord. Dass sie ihre Worte von vorhin auf dem Fest Lügen strafte, kümmerte sie nicht. »Liebe mich, Cal«, raunte sie. »Ich will dir gehören.«

Fünf

Cal war fast sicher, dass er gestorben und im Paradies wieder aufgewacht sein musste. Und dennoch fühlte er sich beim Blick in Rachels Augen lebendiger als je zuvor. Er nahm ihr schönes Gesicht zwischen die Hände, und die Gefühle, die ihm aus ihren Augen entgegensahen, gaben ihm die Gewissheit, mit seinen tiefen Empfindungen nicht allein zu sein. Er küsste zärtlich ihre Lippen und sagte: »Bevor ich dich so anfasse, wie ich es mir schon so lange wünsche, bevor wir zum ersten Mal ganz und gar zusammen sind, will ich dir sagen, dass ich dich liebe, Rachel Gray. Ich liebe dich schon seit einer Ewigkeit. Ich kann unsere gemeinsame Zukunft vor mir sehen, unsere Kinder, ihre Abschlussfeiern und Hochzeiten. Ich sehe uns beide, Rachel, wie wir alt und grau zusammen auf der Veranda sitzen und unseren Enkeln beim Spielen zuschauen. Und tief in meinem Herzen weiß ich, dass meine Liebe für dich mit jedem Tag größer werden wird.«

»Oh, Cal. Ich liebe dich schon genauso lang, vielleicht sogar noch länger.«

Ihre atemlose Stimme drang bis zu seinem Herzen, ihre Worte füllten all die kleinen geheimen Plätze, die er ihr geöffnet hatte.

Er schaute zu den flackernden Kerzen und überlegte, wie er sie ins Schlafzimmer transportieren sollte, ohne die Magie des Augenblicks zu durchbrechen. Auf keinen Fall würde er Rachel beim allerersten Mal auf dem Boden oder auf dem Sofa lieben.

Er küsste sie. »Ich würde dir gerne Rosenblütenblätter aufs Bett streuen, dir mit einer bombastischen Stereoanlage leise Musik vorspielen und Sternschnuppen an den Himmel zaubern. Aber ich habe nur die Kerzen und mein Smartphone. Ich will dich in meinem Bett lieben, Rachel. Wenn ich ein richtig cooler Typ wäre, wüsste ich vielleicht, wie ich sämtliche Kerzen und mein Handy ohne deine Hilfe gleichzeitig ins Schlafzimmer bekomme. Aber das bin ich nicht, Darling. Tut mir leid. Wenn du zwei von den Kerzen nimmst, nehme ich den Rest.«

Mit einem leisen Lachen küsste sie ihn mitten auf die Brust. »Vielleicht weißt du es nicht, aber was du gerade gesagt hast, ist viel romantischer, als Blütenblätter und Sternschnuppen es je sein könnten.« Als sie zwei Kerzen vom Kaminsims nahm, schmolz das Lächeln, das dabei um ihre Lippen spielte, sein Herz.

In seinem Schlafzimmer stellten sie die Kerzen auf den Nachttisch und legten das Smartphone dazu. Rachel spielte nervös mit dem Saum ihres Tops und schaute ihm entgegen, als er nun die wenigen Schritte auf sie zuging. Jetzt, wo sein lang gehegter Traum endlich wahr wurde, begannen seine Nerven ebenfalls zu flattern. Mit den Fingern strich er durch ihr langes Haar, nahm sie in die Arme und wiegte sich mit ihr zu dem Countrysong »Heartache on the Dance Floor« in einem sinnlichen Tanz. Rachels Hüften und Schultern bewegten sich im Takt der Musik, ihre Lippen und seine trafen zusammen, als hätten sie sich nie getrennt. Bald hatten sie sich so in diesem Augenblick verloren, dass der einzige Takt, den er noch hörte, das Pulsieren des Blutes war, das durch seinen Kopf rauschte. Er küsste Rachels Mund, ihren Kiefer, ihre Wangen, und zwischen seinen Küssen flüsterte er: »So lange gewartet …«, »Liebe dich …«, »Will dich an meiner Seite.« Sie antwortete ihm mit verführerischen kleinen Lauten, mit einer Bewegung ihres Beckens oder mit »Bitte mach weiter«.

Behutsam zog er ihr das Top über den Kopf. Der Anblick seines Mädchens in dem BH aus pinkfarbener Spitze nahm ihm den Atem. Über Rachels Brust und ihre Wangen flog eine leichte Röte, doch sie zerrte begierig an seinem Shirt. Er streifte es ab und warf es beiseite. Ihr Blick wanderte über seine Brust zu seinen Bauchmuskeln und von dort aus tiefer und schürte sein Verlangen.

»Gott, du bist so schön«, murmelte er, zog sie an sich und küsste sie tief.

Ihre Hände tasteten sich über seine Seiten zu seinem Rücken. Jede ihrer Berührungen war Öl für die Flammen, die in ihm loderten. Als er sie hochhob und aufs Bett legte, lächelte sie ihn an und sah dabei so glücklich aus, dass die Wärme ihres Blicks durch seine Haut bis tief in sein Innerstes drang.

»Schuhe«, flüsterte Rachel. Mit einem leisen Kichern zeigte sie auf ihre Füße.

Lachend setzte er sich auf die Bettkante und zog seine Stiefel und Socken aus. Dann befreite er sie von ihren und schob sich über sie. »Ich weiß gar nicht, wo ich anfangen soll. Ich möchte jeden Quadratzentimeter von dir begrüßen, mir jede deiner aufregenden Kurven, jedes Grübchen und jede Vertiefung einprägen. Gleichzeitig würde ich dir gern die Kleider vom Leib reißen und dich lieben, denn es ganz langsam anzugehen, wird sehr, sehr hart werden.«

Die Antwort war ein lustvolles Lächeln. »Ich mag sehr, sehr

hart«, sagte sie leise.

»Und Satin mit einer süßen Note.« Schmunzelnd drückte er die Lippen auf ihre und küsste sie leidenschaftlich.

Nach dem Kuss biss er ihr spielerisch in die Unterlippe. »Süß und heiß für die Dame. Kommt sofort.«

Er küsste sich über ihren Hals und die Mitte ihrer Brust, strich mit der Zunge am Spitzenrand ihres BHs entlang und bescherte ihr damit eine exquisite Gänsehaut. Sie wölbte sich ihm entgegen, ihre Finger gruben sich in seinen Rücken.

»Ah, das mag mein Mädchen.« Er wiederholte die Liebkosung auf der anderen Seite. Das sehnsüchtige Seufzen, das sie dabei ausstieß, löste zwischen seinen Beinen ein kleines Beben aus.

Er hakte den Vorderverschluss ihres BHs auf, die Cups schob er mit den Zähnen beiseite und legte ihre herrlichen Brüste frei. Sein Blick flog zu ihren Augen. Er wollte sicher sein, dass sie sich dasselbe wünschten. Doch Rachels Lider waren geschlossen und ihre Wangen gerötet. Sie reckte sich ihm entgegen, drückte mit den Handflächen gegen seine Schultern und zeigte ihm so, dass sie im Einklang waren. Er füllte seine Hand mit einer Brust, legte den Mund auf die andere und streichelte die Brustwarze mit der Zunge. Aber die freche kleine Spitze war zu verführerisch, um sie nur zu streicheln. Er umschloss sie mit den Lippen und saugte daran.

»Oh!« Rachel schrie leise auf und er hob den Kopf. »Hör nicht auf. Das ist schön.« Bekräftigend drückte sie gegen seine Schultern.

Das ließ er sich nicht zweimal sagen. Sofort saugte er weiter und nahm den anderen Nippel zwischen Daumen und Zeigefinger, drückte ihn und zupfte zärtlich daran. Die sündigen Laute, mit denen Rachel ihn belohnte, brachten seinen harten Schaft zum Pochen. Er verwöhnte ihre Brüste mit zärtlichen feuchten Küssen, bis sie sich vor Lust wand und stöhnend das Becken an ihn drängte. Was er hörte, brachte ihn fast um den Verstand. Er küsste und leckte sich über ihren Bauch, saugte und genoss ihren Geschmack. Seine Hände spielten mit ihren Brüsten, fanden zu ihrer Taille und hielten schließlich ihre Hüften fest, während er an der zarten Haut neben ihrem Bauchnabel saugte. Halb von Sinnen vor Leidenschaft hinterließ er dort ein kleines Mal, so als hätte er sie als die Seine markiert.

Als er sich tiefer schob, krallte Rachel die Finger in die Laken. Über ihre Jeans küsste er sich zu ihren Oberschenkeln und von dort zu der Stelle, wo der Stoff zwischen ihren Beinen feucht geworden war. Sein Blick flog hinauf zu ihrem Gesicht. Der Drang, ihr die Jeans vom Leib zu reißen, wurde übermächtig, doch er wollte sicher sein, dass sie noch ganz bei ihm war, und auf gar keinen Fall wollte er etwas vermasseln. Mit einer geschmeidigen Bewegung schob er sich an ihr nach oben, drückte seinen harten Schaft an ihre Mitte und küsste sie fordernd. Er vergrub die Finger in ihrem Haar und küsste sie noch leidenschaftlicher und tiefer, bis sie beide nach Luft schnappen mussten.

»Wenn ich aufhören soll, sag es jetzt, Darling. Noch so ein Kuss und ich kann für nichts mehr garantieren.«

Ihr Blick war voller Entschlossenheit und Lust. »Ich will nicht, dass du aufhörst. Nicht jetzt. Und nicht in hundert Jahren.«

»Oh Baby.«

Erneut nahm er ihren Mund in Besitz und legte sein ganzes Herz in seine Küsse. Bald küsste er sich an ihrem betörenden Körper nach unten. Im Nu hatte er ihr die Jeans ausgezogen und – *heiliger Bimbam* – den pinkfarbenen String. Rachel spreizte die Beine, machte Platz für seinen muskulösen Körper. Ihre Augen waren geschlossen, ihre Lippen von den heißen Küssen gerötet. Noch immer klammerten ihre Finger sich an die Laken. Er griff nach einer ihrer Hände, drehte die Handfläche nach oben und legte seine hinein. Dann verschlangen sie die Finger ineinander, schlossen die Hände zu einer gemeinsamen Faust und hielten einander fest, während sie ihre Liebe besiegelten.

Cal küsste die Innenseiten ihrer Oberschenkel, der Duft ihrer Erregung zog ihn magisch an. Mit der Zunge strich er über ihre Leistenbeuge, ganz nahe an ihrer feucht schimmernden Mitte. Damit entlockte er ihr ein leises, sehnsüchtiges Stöhnen. Als er den Mund auf ihre empfindlichste Stelle legte und behutsam von ihrer Süße kostete, klammerte sie sich an seine Hand. Ihr tiefes, langes Seufzen war Einverständnis und Bitte zugleich und stachelte ihn an. Er liebte sie mit seinem Mund, verschlang sie und stieß mit der Zunge in ihr heißes, festes Fleisch. Sie beantwortete jede dieser prickelnden Liebkosungen mit einem lustvollen Laut. Bald brachte er auch seine freie Hand mit ins Spiel und rieb sanft ihren kleinen Knubbel voller Nervenenden. Rachel spannte die Oberschenkel an und bäumte sich auf. Er ließ sich nicht abschütteln, liebte, streichelte sie und spielte mit ihr, bis ihr Körper vor Lust unter ihm bebte. Erst als ihr Atem stoßweise ging, ließ er die Finger in sie gleiten und suchte nach der magischen Stelle, mit der er ihre Lust noch weiter anheizen konnte. Im selben Moment, in dem er die Fingerspitzen krümmte, nahm er ihre Klit zwischen die Zähne und verlor sich ganz in ihr. Stöhnend und flehend reckte sie sich ihm entgegen. Mit den Fingern tief in ihr drückte er den Mund an ihre Mitte und sie kam an seinen Lippen.

»Cal!«, keuchte sie. »Oh Gott! Oh …«

Fest und perfekt zog sie sich um seine Finger zusammen, während sein Mund sie weiter verwöhnte. Schauer durchjagten sie, sie zitterte und bebte.

»Hör nicht auf, Cal. *Bitte*, hör nicht auf.«

Aufzuhören wäre ihm nicht im Traum eingefallen, schon gar nicht jetzt, wo der Klang ihrer Stimme und das Pulsieren ihrer Hüften ihm verrieten, dass ihr nächster Orgasmus nicht lange auf sich warten lassen würde. Er zog die Hand aus ihrer und drückte sie an den Hüften ans Bett, während er sich weiter an ihr labte, bis sie in neue Höhen katapultiert wurde. Während sie kam, erfüllten ihre lustvollen Laute den Raum, und er saugte jeden einzelnen in sich auf.

»Ich brauche dich«, stöhnte sie und griff mit zitternden Händen nach ihm.

Noch nie im Leben hatte er sich so schnell ausgezogen. Dann legte er sich auf sie. Seine Härte drückte sich an ihre feuchte Hitze. Ihre Münder fanden in einem fiebrigen Sturm aus Gier und Verlangen zusammen.

»Ich liebe dich so sehr«, raunte er zwischen den Küssen.

»Ich dich auch.«

»Ich brauche dich, Baby.« Er zog die Nachttischschublade auf, um sich ein Kondom zu schnappen.

Sie berührte ihn am Arm und sagte: »Ich nehme die Pille.«

Einen Moment lang schloss er die Augen und dankte allen hohen Mächten, denn er wollte nicht, dass irgendetwas zwischen ihnen war. Er küsste sie langsam und sinnlich, doch in kürzester Zeit wurden die Küsse wieder wild und ekstatisch. Lange taten sie nicht mehr als das, und sich zurückzuhalten, war Himmel und Hölle zugleich. Doch er musste, er wollte ihr alles sagen, bevor die letzten Schranken fielen und sie den Punkt erreichten, an dem es kein Zurück mehr gab.

Er zwang sich, ein wenig ruhiger zu werden, und suchte nach seiner Stimme. »Seit mein Vater krank wurde, war ich mit keiner Frau mehr zusammen«, sagte er schließlich leise. »In meinem Herzen gab es nur dich, und ich habe gehofft, dich eines Tages auch in meinem Leben zu haben, Baby.«

Während ihre Körper zueinander fanden, drückte er den Mund auf ihren. Sie war so eng, so warm und so weich. Sie fühlte sich an, wie für ihn gemacht. Nur mit etwas Mühe gelang es ihm, sich ganz in ihr zu vergraben, und als er ihr in die Augen schaute, fragte er sich, ob dies ihr erstes Mal war.

»Baby …?«

»Ich war vor dir erst mit einem anderen zusammen«, sagte sie leise. »Und das ist richtig lange her.«

»Tue ich dir weh?«

Ihre Mundwinkel kräuselten sich zu einem Lächeln. »Nein. Du füllst mich aus und machst mich ganz.«

Sein Herz wollte überquellen vor Glück. Er schob die Arme unter sie und hielt sie fest, wollte ihr so nahe sein wie nur irgend möglich. Dann drückte er die Lippen auf ihre, und plötzlich gab es keine Gedanken mehr, keine Worte, nur Liebe. Ihre Körper bewegten sich in vollkommener Harmonie, erst langsam und vorsichtig, dann schnell und voller Gier. Seine Hände erkundeten den sanften Schwung ihrer Taille und ihrer Hüften, er spürte die Wärme ihrer Kniekehlen, als er ihre Beine über seine Hüften legte, um sie noch tiefer lieben zu können. Ihre Finger rieben seinen Hintern und seinen Rücken und krallten sich in seinen Nacken. Sie liebten sich, als gäbe es kein Morgen. Schließlich schob er die Hände unter ihre Hüften und hob sie an, sodass er ihre empfindlichsten Stellen noch besser erreichen konnte. Sein Name flog von ihren Lippen wie ein Gebet.

Gemeinsam mit ihr ließ er sich fallen, bis ihre Lust sich fast gleichzeitig kraftvoll entlud.

Noch lange, nachdem sie aus den Wolken zur Erde zurückgeschwebt waren, hielten sie einander fest. Den Kopf auf seine Schulter gebettet, schlief Rachel schließlich ein. Cal lauschte ihren ruhigen Atemzügen. Die Kerzen, die sie gemeinsam gemacht hatten, warfen tanzende Schatten aufs Bett. Noch immer klang leise Musik aus seinem Smartphone, und zum ersten Mal, seit er seinen Vater verloren hatte, empfand er tiefen und echten Frieden. Er schloss die Augen, und Bilder von Rachel begleiteten ihn in den ruhigen Schlaf eines Mannes, der alles, was er sich je erträumt hatte, direkt an seiner Seite spürte.

Sechs

Rachel wurde von einigen rasch aufeinanderfolgenden kurzen Tönen geweckt. Offenbar hatte sie gerade mehrere Textnachrichten bekommen. Sie blinzelte schläfrig. Schon die Vorstellung, sich aus Cals Armen lösen zu müssen, machte sie traurig. Vor ein paar Stunden waren sie aufgewacht und hatten sich noch einmal geliebt. Der Gedanke daran machte sie gleich ein wenig munterer. Südlich ihres Bauchnabels kam sofort wieder Partystimmung auf und die Forderung nach einer Zugabe wurde laut. Die Klingeltöne waren verstummt und sie kuschelte sich wieder an Cal. Leider währte die Ruhe nicht lange. Bereits ein paar Sekunden später gingen weitere Nachrichten ein. Sie versuchte, sich aus Cals Armen zu lösen, ohne ihn dabei zu wecken. Doch sein Griff wurde fester und sie konnte ein Lächeln nicht unterdrücken.

»Kümmere dich einfach nicht darum«, murmelte er schlaftrunken.

»Und wenn es was Wichtiges ist?«

Cal drehte sie auf den Rücken und lächelte sie liebevoll an. »Wichtiger als das hier?«

Er drückte seinen harten Schaft an sie und senkte den Kopf. Sein Mund landete auf ihrer Brust. Zärtlich saugte er an der

Spitze und jagte ihr damit Flammen unter die Haut.

»Oh Gott, ich hoffe nicht«, seufzte sie.

Sie zog die Knie an und hob die Hüften. Eine weitere Einladung brauchte Cal nicht. Glück durchflutete sie, als er Zentimeter für traumhaften Zentimeter in sie glitt und sie ihren Rhythmus fanden. Seine Hände wanderten über ihre Seiten zu ihrem Hintern. Es war einfach himmlisch, ihn in sich zu spüren, von ihm gehalten und umfangen zu werden. Er liebte sie so rückhaltlos, so tief und voller Ehrlichkeit. Ein wildes Kribbeln durchlief ihre Arme und Beine bis zu ihren Fingerspitzen und Zehen. Sie küssten, liebkosten und liebten sich, bis sie beinahe zu erschöpft waren, um sich noch zu bewegen. Beinahe. Ohne Vorwarnung rollte Cal sich mit ihr in den Armen auf den Rücken. Die neue, faszinierende Stellung bescherte ihr einen Adrenalinschub. Anfangs ritt sie ihn langsam, doch dann gewann ihr Verlangen die Oberhand. Seine Hände auf ihren Brüsten stachelten ihre Leidenschaft an, fast wie von selbst stieß ihr Becken härter und schneller, und sie jagten gemeinsam zum Gipfel der Ekstase. Rachels Orgasmus schien nie enden zu wollen und an einer kleinen, geheimen Stelle in ihrem Hinterkopf nistete sich das neugewonnene Wissen über diese großartige Position ein. Dann sank sie über Cal zusammen und wollte in der Flut ihrer Liebe ertrinken.

Als sie wieder etwas ruhiger atmen konnten und langsam zur Erde zurückfanden, schlüpfte sie aus seinen Armen, um zur Toilette zu gehen. Einen Moment lang blieb sie noch auf der Bettkante sitzen, hob ihre Jeans vom Boden auf und zog das Telefon aus der Tasche. Emily und Shannon hatten ihr unzählige neue Nachrichten geschickt.

Während sie eine davon öffnete, schlang Cal von hinten die Arme um sie. Ein Foto von Callie, Wes und ihrem neugeborenen Baby erschien auf dem Display. Darunter stand geschrieben: *Dürfen wir vorstellen? Belle Catherine Braden!*

»Oh mein Gott. Sieh nur!« Sie zeigte Cal das Bild. »Sie ist wunderschön. Ach, und diese süßen runden Wangen! Am liebsten würde ich sie küssen. Und dieses feine Haar!« Das Foto katapultierte Rachel zurück auf Wolke sieben. Verträumt und glücklich scrollte sie sich durch weitere Schnappschüsse und Texte. »Belle Catherine Braden, dreitausendsechshundert Gramm«, las Rachel vor. »Callie liebt Märchen. Sie hat mir mal erzählt, dass Wes zu Anfang ihrer Beziehung einen Ball für sie gegeben und ihr dafür ein Kleid geschickt hat wie das von Belle aus ›Die Schöne und das Biest‹. Wie passend, dass sie ihre Tochter Belle Catherine nennen. Belle wegen Callies Märchenbegeisterung und Catherine nach Wes' Mutter. Ist das nicht süß?«

»Ja, und das kleine Mädchen ist wunderschön. Callie und Wes sehen erschöpft, aber glücklich aus. Ich kann es kaum erwarten, bis es solche Bilder auch von uns gibt.«

»Ich dachte, ich hätte dich inzwischen müde gemacht«, lachte Rachel. Sie zeigte Cal die anderen Fotos, die ihre Freundinnen ihr geschickt hatten.

Er küsste ihre Schulter. »Du machst mich an, Darling, nicht müde. Ich freue mich schon auf den Tag, an dem ich eine eigene Familie habe. Darum geht es doch, oder? Erst drücken wir jahrelang die Schulbank, dann bauen wir uns etwas auf und versuchen herauszufinden, wer wir sind. Wozu soll das alles gut sein, wenn man es nicht mit jemandem teilt, den man liebt? Wenn man seine Erfahrungen nicht an die nächste Generation verrückter Kinder weitergibt, die nicht auf einen hören wollen, sich nachts aus dem Haus schleichen und jede Menge Unsinn anstellen?«

Sie lachte. »Ich habe mich nie nachts aus dem Haus geschlichen.«

»Wenn wir uns damals schon gekannt hätten, hättest du es getan. Und ich hätte dich in allerhand Schwierigkeiten gebracht.«

»Irgendwie fällt es mir schwer, das zu glauben.«

»Ach, komm schon. Lass mir wenigstens die Illusion, ich wäre ein unwiderstehlicher Bad Boy.«

»Du bist der unwiderstehlichste Boy von ganz Colorado. Aber ein *Bad* Boy bist du nicht.« Sie küsste ihn, dann verschwand sie im Badezimmer.

»Bleib heute bei mir«, rief er hinter ihr her. »Lass uns zusammen den Sonnenaufgang anschauen und dann rausfinden, welche Art Unsinn wir gemeinsam anstellen können.«

Sie benutzte die Toilette und ging dann in ein Duschtuch gehüllt zurück ins Schlafzimmer. »Liebend gerne.« Lockend winkte sie mit dem Zeigefinger. »Gleich nachdem wir geduscht haben.«

Er stand auf. Weit über hundertachtzig Zentimeter nackter Cowboy marschierten auf sie zu. Noch immer ein wenig hart lag sein Schaft an dem blonden Haarbüschel zwischen seinen muskulösen Oberschenkeln. Mit jedem Schritt, den Cal näher kam, wurde Rachels Mund ein bisschen trockener. Das zerzauste Haar fiel ihm in die Augen, sein Blick bohrte sich in ihren. Als er sie küsste, legte sie die Arme um ihn. Das Duschtuch fiel zu Boden und sie war kein bisschen verlegen.

Sie strich mit den Fingern durch sein Haar. Es war schön zu wissen, dass sie das von nun an tun konnte, so oft sie wollte. »Ist es seltsam, dass ich das Gefühl habe, schon immer hier zu sein?«

»Nein. Denn du gehörst schon immer hierher.«

Nachdem sie einige Zeit später auch Sex unter der Dusche von ihrer To-do-Liste streichen konnten, kuschelten Rachel und Cal sich auf der hinteren Veranda unter einer Decke aneinander und schauten zu, wie über den Bergen die Sonne aufging. Rachel konnte kaum glauben, dass es nicht einmal vierundzwanzig Stunden her war, dass sie und Cal endlich zusammengefunden hatten. Dicht an ihn geschmiegt dachte sie darüber nach, was sie in der kurzen Zeit schon alles erlebt und miteinander geteilt hatten. Als die ersten Sonnenstrahlen sich golden über die Wiesen ergossen, knurrte ihr Magen.

»Liebe macht hungrig«, scherzte Cal und küsste ihren Hals.

»Bärenhungrig sogar.«

Er stand auf und zog sie hoch. »Dann komm, Darling. Auf zum Diner. Nach dem Frühstück fahren wir wieder zu mir und ich stelle dir meine Pferde vor.«

»Als ich das letzte Mal mit dir in einem Pferdestall war, habe ich viel über die Kunst der Verführung gelernt.« Sie legte den Arm um seine Taille. Zusammen gingen sie ins Haus, um seine Schlüssel zu holen.

Er klopfte ihr auf den Hintern. »Du bist eine sehr aufmerksame Schülerin. Wenn du brav bist, zeige ich dir vielleicht auch noch meinen Heuboden.«

»Und wenn ich nicht brav bin?« Sie ließ ihre Brauen tanzen. Energisch zog er sie an sich und brachte sie damit zum Lachen.

»Vorsicht, Baby, sonst schaffen wir es nicht mal bis zum Diner, geschweige denn zu meinem Stall.«

Sie schafften es in die Stadt, obwohl sie bereits in der Einfahrt für hungrige Küsse pausieren mussten. Genau wie an allen roten Ampeln und später auf dem Parkplatz. Rachel bekam einfach nicht genug von Cal und er offenbar nicht von ihr. Denn an der Tür des Diners stahl er sich bereits den nächsten Kuss.

»Schau, schau.« Margie goss gerade Kaffee in einen Pott. »Was sagt man dazu? Habe ich dieses braune Top nicht schon gestern an dir gesehen, Miss Gray?«

Rachel spürte, wie ihre Augen sich weiteten. »Ich … ähm …«

Cals Hand schloss sich ein wenig fester um ihre. »Sie hat mir geholfen …«

»… meine Pferde zu verladen«, sagte Luke laut. Er erhob sich von seinem Platz in der Ecknische, wo er mit Daisy, Emily, Dae, Jake und Fiona gesessen hatte, die allesamt sichtlich erfreut zu ihnen herüberlächelten. »Die beiden haben sich um meine Mädels gekümmert.«

»Ach, so nennt man das jetzt?« Margie schüttelte den Kopf. »Setz dich zu den Bradens, Honey. Und du auch, Cowboy. Ich bin gleich da und nehme eure Bestellungen auf.«

Jake und Luke rückten einen Tisch an ihren, damit sie alle Platz fanden.

Ross und Elisabeth eilten kurz darauf zur Tür herein, gefolgt von Catherine.

»Hallo, alle miteinander. Entschuldigt, dass wir so spät kommen.« Elisabeth zwinkerte Rachel zu und sagte: »Hübsches Top.«

Um Catherines Lippen spielte ein wissendes Lächeln.

»Dieser Morgen ist sogar noch besser, als ich dachte. Habt ihr schon Fotos von der kleinen Belle gesehen?«

»Ja! Oh mein Gott, sie ist einfach herzig!«, antwortete Rachel. Sie war erleichtert, das Thema wechseln zu können. »Wie geht es Callie?«

»Sie ist müde.« Catherine setzte sich. »Aber sehr glücklich.«

Fiona rückte ein wenig auf, damit Jake sich neben sie setzen konnte. »Sie meint, Daisy hätte recht gehabt. Sobald sie die kleine Belle in den Armen hatte, waren alle Schmerzen vergessen.«

»Sobald sie ›Pausbäckchen‹ in den Armen hatte«, sagte Jake grinsend.

»Jake.« Catherine schüttelte den Kopf.

»Was ist?« Jake breitete die Hände aus. »Die Kleine hat wirklich süße Pausbäckchen und ich finde den Spitznamen niedlich. Ihr nicht?«

»Ich glaube, wenn Wes das hört, versohlt er dir den Hintern«, sagte Luke und setzte sich neben Daisy.

»Aber erst, wenn er von seinem Baby-High wieder runtergekommen ist.« Dae warf sich mit einer Kopfbewegung das dunkle Haar aus den Augen. »Normalerweise strotzt er vor Energie. Aber ich glaube, nach der letzten Nacht wird es eine harte Landung geben.«

»Nach der letzten Nacht können wir uns alle auf eine harte Landung gefasst machen«, sagte Fiona. »Und die arme Callie lag stundenlang in den Wehen.«

Cal beugte sich zu Rachel und flüsterte: »Ich würde gern bei dir landen.«

Rachel spürte, wie sie rot wurde.

Margie kam an den Tisch und musterte sie und Cal. »Dann haben wir jetzt also ein neues Braden-Baby und ein neues

Hayden-Pärchen. Trusty ist wieder ein Stück glücklicher geworden.«

Rachel lächelte sie an und lehnte sich an Cals Schulter. »Willst du mich jetzt jedes Mal, wenn ich hier reinkomme, verlegen machen?«

»Kommt drauf an.« Margies Augen blitzten hintersinnig. »Seid ihr beide seit gestern Abend zusammen oder erst seit heute Morgen?«

Cal straffte die Schultern. »Das ist eine sehr private Frage, Margie.«

»Privat, aber wichtig.« Margie zog eine Handvoll zusammengefalteter Zettel aus der Tasche ihrer pinkfarbenen Kellnerinnenuniform. »Die Wetteinsätze waren nicht unbeträchtlich.«

»Wie bitte?« Rachel schnappte nach Luft.

Die anderen Frauen griffen zu den Speisekarten und hielten sie sich vor die Gesichter.

»Die Wetteinsätze? Was ist hier los? Emily? Daisy?« Rachel sah, wie Ross Luke ein paar Dollar zusteckte. »Ross? Du auch?«

»Sorry, Rachel. Aber siehst du, wie Cal dich anschaut? Das macht er seit Monaten.« Ross nickte in Cals Richtung. »Du hast ihm komplett den Kopf verdreht. Die letzte Frau, die ich so angeschaut habe, habe ich geheiratet.«

»Ich liebe dich, Rossie«, sagte Elisabeth, beugte sich zu ihm und küsste ihn.

»Aber dass ihr deshalb gleich Wetten auf uns abschließt? Das war nicht sehr nett.« Aber irgendwie doch lustig. Nur wollte Rachel das im Augenblick noch nicht zugeben.

»Entspann dich, junge Frau«, sagte Margie. »Kann sein, dass wir auf die Idee gekommen sind, als wir dir und dem Cowboy letzten Monat hier im Diner dabei zusehen konnten, wie ihr euch schmachtende Blicke zugeworfen habt.«

»Letzten Monat?« Rachel schaute Margie fassungslos an.

Cal lachte leise.

»Cal!« Sie funkelte ihn an. »Das findest du zum Lachen?«

Er setzte ein ernstes Gesicht auf, doch sofort kräuselten seine Mundwinkel sich wieder nach oben. »Ich fürchte, ja. Wir beide wussten, dass wir zusammengehören. Und den anderen muss das auch klar gewesen sein. Das überrascht mich nicht, Darling. Eine Liebe wie unsere gibt es nur einmal im Leben, und sie ist so groß, dass keiner sie übersehen kann.«

»Oooh«, seufzte Daisy. »Wie romantisch.«

»Romantisch ist es«, gab Rachel zu. Alles, was Cal sagte, berührte sie tief. »Aber stört es dich denn nicht, dass sie Wetten auf uns abgeschlossen haben?« Die Frage war an Cal gerichtet.

»Nicht wirklich. Sie kennen uns. Sie haben uns gern.« Cal zog sie dichter an seine Seite und ihre Freunde nickten und murmelten bestätigend. Wie schon hundertmal in den letzten vierundzwanzig Stunden schaute er ihr in die Augen. »An ihrer Stelle hätte ich ebenfalls auf uns gewettet. Und ich würde auch darauf wetten, dass wir für immer zusammenbleiben.«

Unter dem fröhlichen Beifall ihrer Freunde drückte er die Lippen auf ihre und Margie sagte: »Das wäre geschafft. Und wen verkuppeln wir als Nächstes?«

Auf den nächsten Seiten erwartet Sie mehr von den Bradens. Aber bevor Sie weiterblättern, begrüßen Sie den jüngsten Neuzugang!

Lust auf die Bradens bekommen?

Wenn Sie mehr über die Bradens in der schnuckeligen Kleinstadt Trusty in Colorado erfahren wollen, beginnen Sie doch mit dem ersten Buch dieser Serie: *Bei Heimkehr Liebe* erzählt die Liebesgeschichte von Daisy und Luke. Oder Sie lesen *Schwestern im Aufbruch*, Band eins der Snow-Schwestern, mit denen alles begann, und lernen nach und nach alle unsere kernigen Helden und selbstbewussten Heldinnen kennen. Figuren aus den einzelnen Serien und Büchern der weitverzweigten »Love in Bloom – Herzen im Aufbruch«-Familie tauchen immer wieder auch in den anderen Bänden auf. So verpassen Sie nie eine Verlobung, eine Hochzeit oder eine Geburt. Dennoch finden Sie in jedem Buch eine abgeschlossene Geschichte, die auch für sich allein gelesen werden kann. Also einfach loslegen!

www.MelissaFoster.com/Herzen-im-Aufbruch

Lesen Sie hier einen Auszug aus dem nächsten Band!

Bei Heimkehr Liebe

Die Bradens in Trusty, Colorado

LOVE IN BLOOM – HERZEN IM AUFBRUCH

Eins

Daisy Honey balancierte einen Kaffeebecher, den Kuchen für ihre Eltern, eine Tüte mit zwei Schokodonuts – ein Mädchen brauchte nun mal was Süßes zum Leben und für andere süße

Sachen fehlte ihr die Zeit – und ihre Schlüssel in den Händen.

»Kommst du klar, Schätzchen?« Margie Holmes arbeitete schon, seit Daisy sich erinnern konnte, im Town Diner. Mit ihrer Retro-Föhnfrisur und der altmodischen pinkfarbenen Kellnerinnenkluft gehörte Margie zu den Wahrzeichen des Städtchens Trusty in Colorado wie die Berge und die verstreut liegenden Farmen und Ranches. Nach der langen Assistenzzeit als Allgemeinärztin in Philadelphia hatte Daisy in Trusty das Gefühl, in ein anderes Universum versetzt worden zu sein. Die Stadt ihrer Träume war Trusty nicht.

Daisy warf einen Blick auf die Uhr. In zehn Minuten musste sie bei der Arbeit sein. *Arbeit.* Wenn man die Aushilfsstelle in der Notfallambulanz von Trusty überhaupt so nennen konnte. Sie hatte sich mächtig ins Zeug gelegt, um Ärztin werden und dieses Kuhkaff hinter sich lassen zu können. Aber dann hatte sich ihr Vater bei einem Sturz vom Traktor am Rücken verletzt. Beruflich wäre sie lieber woanders durchgestartet, aber ihre Familie im Stich zu lassen, kam für sie nicht infrage. Vielleicht war es gutes Timing, dass der Unfall ihres Vaters grade jetzt passiert war – wenn man glaubte, dass es so etwas gab. Daisy hatte noch genau vier Wochen Zeit, um sich für eines der beiden Stellenangebote aus New York und Chicago zu entscheiden. Sie hoffte, dass ihr Vater bis dahin einen Verwalter eingestellt hatte, der sich an seiner Stelle um die Farm kümmerte. Oder dass er sich dazu durchrang, die Farm zu verkaufen. Schon bei dem Gedanken wurde Daisy ganz flau, denn die Farm befand sich seit Generationen im Familienbesitz. Das nächste Krankenhaus und der nächste Allgemeinarzt waren eine Dreiviertelstunde entfernt. Hier in Trusty gab es nur die Notfallambulanz und Daisy war froh, die Aushilfsstelle gefunden zu haben, auch wenn sie sich etwas anderes gewünscht hätte.

»Ja, kein Problem. Danke für den Kuchen, Margie. Mom und Dad werden sich freuen.« Mit dem Hintern – *danke, liebe Donuts* – drückte sie die Tür auf. Im selben Moment wurde die Tür von außen aufgerissen. Daisy stolperte und der Kuchen kam wie in Zeitlupe ins Rutschen. Sie schloss die Augen, um nicht sehen zu müssen, wie der dreilagige Schoko-Mandel-Traum auf dem Boden aufschlug.

Aber das befürchtete *Platsch!* blieb aus. Zögernd riskierte sie einen Blick. Er fiel auf die wohldefinierten Brustmuskeln und breiten Schultern eines etwas über eins achtzig großen, vor purem männlichem Sex-Appeal triefenden Prachtkerls. Und der Prachtkerl hielt die Schachtel mit dem ganz und gar unversehrten Kuchen für ihre Eltern in seiner starken Hand.

Daisy schluckte und kämpfte gegen die Hitzewelle an, die von Luke Braden ausging – einem der beiden einzigen Männer, die ihr in Trusty je zur Seite gestanden hatten, dem Mann, dessen Gesicht sie in einsamen Nächten vor sich sah. Als sie den Entschluss gefasst hatte, nach Trusty zurückzukehren, hatte sie sofort an Luke denken müssen. Sie hatte sich gefragt, ob er ihr wohl über den Weg laufen würde – es vielleicht sogar ein wenig gehofft. Als Assistenzärztin hatte sie buchstäblich rund um die Uhr gearbeitet, oft in Sechsunddreißig-Stunden-Schichten. Sie hatte kaum Zeit gehabt, an ein Date zu denken, von der Zeit für ein tatsächliches Date ganz zu schweigen. Ihr Körper prickelte an Stellen, die schon lange kein Mann mehr berührt hatte.

»Ich glaube, es ist nichts passiert.« Mit brandheißen dunklen Augen und einem ziemlich kecken Grinsen beäugte Luke den Kuchen.

Seine tiefe Stimme brachte in ihr eine Saite zum Schwingen.

Okay, Daisy. Cool bleiben. In der Highschool mag er dich ja gerettet haben. Aber das ist elf Jahre her. Er war nicht mehr der süße Junge mit dem langen Pony, der ihm ständig in die dauerhungrigen Augen fiel. Nein, einen Jungen konnte man Luke Braden tatsächlich nicht mehr nennen. Aber allem Anschein nach erkannte er sie nicht wieder. Sie hatte ihre heimliche Flamme wohl umsonst angeschmachtet.

»Danke.« Sie wollte nach der Kuchenschachtel greifen, aber er zog sie weg. Sein Blick glitt provozierend langsam über ihren Körper. Ihre Knie wurden weich und ein paar andere Stellen hellwach. Sie hatte Trusty nach der Highschool verlassen und sich in den Semesterferien immer Jobs in der Nähe des Colleges gesucht. Ihre Erinnerung an die Schulkameraden von vor elf Jahren war deshalb etwas verblasst. Aber dieses Gesicht würde sie nie vergessen.

»Sie haben beide Hände voll. Soll ich Ihnen den Kuchen zum Wagen tragen?« Sein dichtes, dunkles Haar war an den Seiten kurz geschnitten, oben war es etwas länger und so sexy zerzaust, wie man es sonst nur von Zeitschriftenfotos kannte. Auf seinem markanten Kinn sprießten Stoppeln. Daisy juckte es in den Fingern. *Ich würde natürlich nur die Stoppeln anfassen.*

Luke sah aus wie einer, der sich nahm, was er wollte, und dabei eine Spur von Frauen hinter sich herzog, die davon nicht genug bekommen konnten. Diesen Ruf hatte er zumindest in der Highschool gehabt. *Den Kuchen zu meinem Wagen tragen? Und mich in dein Bett?* Der Gedanke jagte ihr einen Schauer durch den Körper. Genau darauf hatte sie gehofft. Und gewartet.

In der Schule war er zwei Klassen über ihr gewesen. Und weil sie in der Highschoolzeit gegen einen völlig ungerechtfertigten schlechten Ruf ankämpfen musste, hatte sie sich immer bemüht, nicht aufzufallen. Während des Medizinstudiums hatte sie sich das Haar dunkler gefärbt, um den nervigen Kommentaren und Nachstellungen zu entgehen, denen sie als blauäugige Blondine, die auf ihren Körper achtete, ausgesetzt war. Dank einer Sechs-Dollar-Packung Coloration alle paar Wochen war ihr Haar inzwischen mittelbraun.

Nie würde sie vergessen, wie Luke ihr in der zehnten Klasse beigestanden hatte. In ihren Träumen erinnerte auch er sich noch an sie. *War ich tatsächlich komplett unsichtbar für dich?* Offenbar schon. Denn offenbar war sie für ihn eine Unbekannte. Das brannte wie Salz in einer Wunde.

Ihr Blick fiel auf einen silbernen Streifen an seinem Arm. *Klebeband?* Sie kniff die Augen zusammen und sah genauer hin. Tatsächlich. Um seinen mächtigen Bizeps war ein breiter Streifen Gewebeband gewickelt. Darunter sickerte Blut hervor.

Luke folgte ihrem Blick mit einem Achselzucken. »Ich habe mich auf der Ranch an einem Draht aufgerissen.«

Eigentlich hätte sie jetzt ihren Kuchen nehmen und verschwinden sollen. Aber die Ärztin in ihr hielt sie davon ab und die gekränkte Frau in ihr wollte nicht glauben, dass er sie einfach vergessen hatte. Sie machte einen Schritt zurück in das Diner. »Margie, kann ich kurz deinen Verbandskasten borgen?«

Luke folgte ihr mit zusammengezogenen Brauen. »Falls das wegen mir sein soll – das ist nicht nötig. Wirklich nicht.«

Margie zog den Verbandskasten unter der Theke hervor und reichte ihn Daisy. »Hier, bitte, Schätzchen.« Beim Anblick des großen, dunkelhaarigen Mannes fingen ihre grünen Augen an zu strahlen. »Hast du schon wieder was angestellt, Luke?«

Er zog eine kräftige, dunkle Braue hoch. »Nein, keine Sorge. Ich treffe mich hier mit Emily und bin ein paar Minuten zu früh dran.«

»Gut. Noch mehr Ärger kannst du nämlich nicht gebrauchen.« Mit strengem Blick kam Margie hinter der Theke hervor. Luke lächelte sie mit einer Wärme an, die man nur Menschen schenkte, die man wirklich gerne hatte.

Daisy spürte einen Stich. War sie etwa eifersüchtig? Sie war erst seit zwei Wochen wieder in der Stadt und hatte sich von jeder Art Tratsch ferngehalten. Aber jetzt hätte sie gern gewusst, welche Sorte Ärger Luke sich eingehandelt hatte. Dabei war ihr Leben auch ohne einen Mann kompliziert genug. Und einen mit verführerischen Augen, einem sexy Lächeln und einem Ruf, den er im Gegensatz zu ihr verdient hatte, brauchte sie schon gar nicht. Sie konzentrierte sich auf seinen Arm und wechselte in den Ärztinnenmodus. Das beherrschte sie hervorragend. Als Ärztin war er für sie ein Patient und kein heißer Typ.

Lukes Blick sprang von Margie zu Daisy und wieder zurück. »Du darfst nicht alles glauben, was du hörst.«

Ja klar.

»Tu ich auch nicht.« Margie berührte ihn fast mütterlich am Arm. »Ich muss mich um die Gäste kümmern. Aber es ist schön, dich zu sehen, Luke.«

Er warf ihr ein weiteres Killerlächeln zu, dann schaute er wieder zu Daisy, die mit einem Desinfektionsmittel bewaffnet bereitstand. »Von Fremden lasse ich mir nicht an meine Wunden fassen.« Er streckte die Hand aus. »Luke.«

»Du erinnerst dich tatsächlich nicht an mich.« Das war offensichtlich, doch es auszusprechen, tat weh. »Daisy Honey?«

Sein sexy Lächeln verwandelte sich in ein amüsiertes. Seine Augen blitzten. »Haben Sie mich grade *Honey* genannt oder heißen Sie so?«

Dass ihm nicht einmal ihr Name bekannt vorkam, war bitter. Aber sie ging mit einem Augenrollen darüber hinweg. Sie drehte seinen Arm und inspizierte die Klebebandage. »Ich heiße tatsächlich so. Daisy Honey.«

Er lachte ein tiefes, herzhaftes und freundliches Lachen.

Mit einem beherzten Ruck riss sie das Klebeband ab und legte einen tiefen Kratzer frei.

»Hey.« Er zuckte zurück. »Eine Daisy Honey müsste doch eigentlich viel sanfter sein.«

Sie blinzelte und sagte in ihrer süßesten Stimme: »Und ein Luke Braden keine Memme.« *Verdammt. Was sage ich denn da?*

»Autsch. Eins zu null für dich.« Er rieb seinen Arm. »Das war nur Spaß. Natürlich weiß ich, wer du bist. Ich kaufe mein Heu bei deinem Dad und habe dich bloß nicht sofort erkannt. Früher warst du nämlich blond.« Seine Augen glitten erneut über ihren Körper und trieben damit ihre Temperatur in die Höhe. »Und so hast du damals auch nicht ausgesehen.«

Er erinnert sich an mich! Sie ließ sich nicht anmerken, wie sehr sie sich über seine Bemerkung über ihr Aussehen freute. Stattdessen machte sie sich daran, seine Wunde zu reinigen. »Wie hast du das denn fertiggebracht?« Sie spürte, wie sein Blick auf ihr lag, während sie das angetrocknete Blut entfernte.

»Der Draht hat aus einem Zaun geragt. Ich habe ihn nicht bemerkt und mir daran das Shirt und den Arm aufgerissen.« Er rollte den Ärmel so weit herunter, dass sie den Riss darin sehen konnte.

»War es Stacheldraht? Wie bei deinem Tattoo?« *Deinem sexy Bad-Boy-Tattoo, das sich um deinen unglaublich harten Bizeps windet?*

Mit einem schiefen Lächeln betrachtete er seine Tätowierung. »Es war ganz normaler Zaundraht.«

»Rostig?« Sie versuchte, nicht auf die Hitze in seinem durchdringenden Blick zu achten.

Wieder zuckte er die Achseln. Offenbar eine Art Universalantwort.

»Wann hattest du deine letzte Tetanusimpfung?« Der Kratzer war jetzt sauber. Sie legte ihm einen Verband an, dann wickelte sie die schmutzigen Tupfer in eine Serviette.

Achselzucken. »Ich fühle mich blendend.«

»Aber nicht mehr lange, wenn du Tetanus kriegst. Du solltest dir in der Notfallambulanz eine Spritze geben lassen. Die kann dir jede Schwester dort verpassen.« Sie steckte sich eine Haarsträhne hinters Ohr und warf einen Blick auf die Uhr. Sie war definitiv spät dran und er checkte sie definitiv ab. Ihr Magen schlug einen Purzelbaum.

»Bist du Krankenschwester?« Er rollte den zerrissenen Ärmel wieder runter.

»Ärztin«, sagte sie stolz. Sie fragte sich, ob ihr kleiner Hilfseinsatz ihn daran erinnerte, dass er ihr vor einigen Jahren ebenfalls geholfen hatte. Sein Blick ließ sie daran zweifeln. Er musterte sie, als wäre das ihre erste Begegnung. Seine Augen sagten: *Ob ich wohl eine Chance habe?* Und nicht: *Du bist doch das Mädchen, das damals als Schlampe verschrien war.*

Er nickte und seine Augen wurden ernst. »Dann vielen Dank, Dr. Daisy Honey. Vielen Dank für die professionelle Fürsorge für meinen Körper.«

Der sinnliche, eindeutig-zweideutige Unterton, mit dem er *meinen Körper* sagte, verschlug ihr die Sprache. Sie öffnete den Mund zu einer Erwiderung, brachte aber keinen Ton heraus.

Margie kam zur Theke zurück. »Kann ich dir etwas bringen, Luke?«

Dankbar für die Unterbrechung schob Daisy ihr den Verbandskasten hin und sammelte ihre Siebensachen ein. »Danke, Margie.«

»Einen Kaffee und zwei Eier mit Toast«, sagte Luke.

Daisy spürte seine Blicke, als sie erneut mit Kuchen, Tüte und Kaffeebecher kämpfte.

»Kommt sofort, Schätzchen.« Margie verschwand in der Küche, Daisy machte sich auf den Weg zur Tür.

Er berührte sie am Arm und klimperte mit den langen, dunklen Wimpern. »Du klebst einfach meine Wunde zu und gehst? Ich fühle mich so benutzt.«

Sie musste fast gegen ihren Willen lachen. »Wie putzig.«

Sein bohrender Blick nahm ihr fast den Atem. »Putzig? So sollte es eigentlich nicht klingen.«

Du hast trotzdem erreicht, was du wolltest. Denn putzig oder nicht – mir rast der Puls.

Er hielt ihr die Tür auf. »Hoffentlich bis bald, Daisy, Honey.«

»Tetanus ist kein Spaß. Du solltest dir die Spritze geben lassen.« Damit befahl sie ihren Beinen, sie von seinem versengenden Blick wegzutragen.

Während er auf seine Schwester wartete, trank Luke Kaffee und dachte an Daisy. Er kaufte sein Heu von ihrem Vater und hatte gehört, dass sie für ein paar Wochen nach Trusty kommen würde. Aber nie hätte er die Daisy Honey von grade eben – die junge Ärztin mit den betörenden blauen Augen und dem brandheißen Körper – mit dem weißblonden Mädchen in Verbindung gebracht, das mit gesenktem Kopf durch die Schulflure geschlichen war und verzweifelt versucht hatte, sich unsichtbar zu machen. Daisys Blick war weiser und fester als damals. Die erwachsene Daisy zog ihn in ihren Bann. Als sie ihn berührt hatte, hatte die Luft zwischen ihnen gebrannt. Sie hatte sich redlich bemüht zu verbergen, dass sie es auch spürte. Und aus irgendeinem Grund gefiel ihm das.

Emily platzte in seinen Tagtraum von Daisy, indem sie einen Armvoll Zeichnungen und Mappen vor ihm auf den Tisch klatschte.

»Du bist unmöglich. Ich habe dich ein Dutzend Mal gefragt, ob du das Schlafzimmer und das Badezimmer tatsächlich durch einen Flur trennen willst, und habe dich angefleht – *angefleht* –, es nicht zu tun. Ich habe den Plan so gezeichnet, wie du ihn haben wolltest, und jetzt soll ich das wieder ändern. Ich fasse es nicht.« Sie warf ihr glattes dunkles Haar über die Schulter, zupfte ihre weiße Seidenbluse zurecht und strich den schwarzen Bleistiftrock glatt, bevor sie sich setzte. Emily war Architektin, führte aber mit ihrer eigenen Firma komplette Bauprojekte durch. Außerdem entwickelte sie sich gerade zur Expertin für erneuerbare Energien. »Es wäre viel einfacher gewesen, wenn du von Anfang an auf mich gehört hättest. Aber ...« Sie kniff die Augen zusammen und zeigte mit dem Finger auf ihn. »Ich hätte dir sogar ein Passivhaus bauen können und damit deine Energiekosten um siebzig Prozent reduziert ...«

»Okay, okay. Ich hab's verstanden. Setz dich hin und hol erst mal Luft.« Emily war vierzehn Monate älter als Luke und diesen düsteren Blick aus zusammengekniffenen Augen kannte er nur zu gut. »Vielleicht solltest du heute lieber keinen Kaffee trinken.«

»Haha.« Sie winkte Margie heran und bestellte sich eine Tasse. Schwarz. Emily war schon immer sehr kämpferisch und temperamentvoll gewesen. Kein Wunder, bei einem Mädchen, das mit fünf Brüdern aufgewachsen war. »Ändern wir nur die Pläne für das Schlafzimmer und das Badezimmer in der Wohnung über dem Stall? Oder willst du die Küche jetzt auch verlegen?«

Er wusste, dass es für Emily und ihr Team viel Arbeit sein würde, die Leitungen und Anschlüsse neu zu machen. Eine fremde Firma hätte er nie damit beauftragt. Er hätte einfach alles so gelassen, wie es von Anfang an gewesen war. Aber Emily hatte keine Hemmungen, ihn morgens um drei anzurufen, um ihm von dem Traum zu erzählen, der sie grade geweckt hatte, oder unangemeldet mit einer Flasche Wein bei ihm aufzukreuzen, wenn sie bei jemandem, dem sie vertraute, Dampf ablassen wollte. Und er vermutete, dass sie mit Änderungswünschen gerechnet hatte und schon froh war, dass er sie äußerte, bevor die Wände hochgezogen waren.

Ihr Blick fiel auf seinen Arm. »Hey, was ist passiert?«

Als Margie Emily ihren Kaffee brachte, spazierte Wes in das Diner. »Da waren es schon drei.«

»Hey Margie.« Wes schob sich neben Emily auf die Bank. Wie alle Bradens hatte er kräftiges, dunkles Haar. Emilys war glatt und glänzend, Lukes widerspenstig und wellig. Wes' Haar war eine Nuance heller und er trug es deutlich kürzer als sein Bruder. Seine Cargoshorts, sein Shirt und sogar seine Stirn waren schmutzig.

»Hey Wes. Bin gleich bei dir, Schätzchen. Das Übliche?« Margie stemmte die Hand in die Hüfte und schüttelte den Kopf. »Warst heute etwa schon draußen in der freien Wildbahn?«

Wes hob die Hand. »Bekenne mich schuldig. Ich habe eine neue Route erkundet. Ist ein hartes Leben, aber irgendwer muss es ja machen.« Wes brachte auf seiner Gästeranch der zahlungskräftigen Kundschaft bei, Kälber mit dem Lasso zu fangen und Kühe zu treiben. Reiten, Tontaubenschießen, Angeln und Übernachtungen unter den Sternen gehörten ebenfalls zum Programm. Sein Blick streifte Luke und Emily und dann die Zeichnungen auf dem Tisch. »Habe ich was verpasst?«

»Was machst du hier?« Luke hatte Wes vor Kurzem bei einem Mehrtagesritt mit einer Gästegruppe geholfen. Nach einer Auseinandersetzung mit einem Gast war Luke in einer Zelle gelandet. Zwar waren die Vorwürfe gegen ihn fallengelassen worden, aber er grübelte noch immer darüber nach, welcher Teufel ihn an diesem Tag geritten hatte.

»Em hat mir erzählt, dass ihr euch hier zum Frühstück trefft.« Wes zuckte die Achseln. »Und ich bin hungrig.«

»Ich habe Luke grade gefragt, was mit seinem Arm passiert ist.« Emily zog eine elegant gezupfte Braue hoch.

Luke zuckte die Achseln. »Das ist nur ein Kratzer. Ich bin an einem Zaun hängengeblieben. Und rein zufällig habe ich grade Daisy Honey getroffen. Sie hat die Wunde versorgt. Erinnert ihr euch noch an Daisy?« Er dachte daran, wie sie ihm das Klebeband vom Arm gerissen hatte. Und an ihren kessen Kommentar. Ihre Forschheit gefiel ihm.

»Hat es damals an der Highschool nicht die übelsten Gerüchte über sie gegeben? Ich glaube, es hieß, sie würde mit jedem ins Bett steigen.« Emily nahm einen Schluck Kaffee und schlug eine Mappe auf. »Sie hat mir wirklich leidgetan.« Wie in allen Kleinstädten verbreitete sich Tratsch in Trusty schneller als Unkraut.

»So eine heiße kleine Blondine?«, fragte Wes.

»Heiß ja, aber blond nicht mehr. Sie hat sich das Haar dunkler gefärbt. Ich nehme an, sie hatte keine Lust mehr auf das

Gequatsche über blonde Betthäschen. Und falls es jemanden interessiert: Ich glaube nicht, dass an den Gerüchten über sie was dran war.« Luke wusste, wie es sich anfühlte, wenn über einen geredet wurde. In ihm regte sich eine Erinnerung, aber er konnte sie nicht ganz greifen. Er vermutete, dass sie etwas mit Daisy zu tun hatte.

»Ich sehe ein ganz bestimmtes Glitzern in deinen Augen, Luke. Vorsicht. Einer Frau mit einer schwierigen Vergangenheit macht ein Kerl mit deinem Ruf das Leben nur noch schwerer.« Wes hielt Lukes Blick etwas zu lange fest. Vor ein paar Wochen hatte Ray Mulligan, einer seiner besten Männer, gekündigt. Jetzt mussten Wes und sein Geschäftspartner Chip alle Gästegruppen auf der Ranch selbst betreuen und hatten kaum noch eine Pause. Deshalb war Wes in letzter Zeit etwas übellaunig.

Luke war sich seines Rufs nur allzu bewusst. Sein Kurzaufenthalt in der Gefängniszelle hatte die Sache nicht besser gemacht und feste Beziehungen waren auch nicht unbedingt seine Spezialität. Sich auf andere Menschen einzulassen, fiel ihm schwer. Wenn man ihm ein Pferd hinstellte, konnte er buchstäblich dessen Gedanken lesen. Aber wenn er es mit Menschen zu tun hatte? Frauen? Das war etwas ganz anderes. Über die Gründe dafür hatte er sich bislang keine großen Gedanken gemacht.

»Was soll das heißen, Kumpel?« Luke hielt dem Blick seines Bruders stand. Ihr Vater, Buddy Walsh, hatte sich mit einer Ramschladenverkäuferin aus einer anderen Stadt verdrückt, als ihre Mutter mit Luke schwanger gewesen war. Ihre Mutter hatte die Geschwister allein großgezogen und sie hielten fest zusammen. Normalerweise war das eine gute Sache, aber im Augenblick legte Luke auf Wes' Urteil keinen Wert.

»Ihr eigener Ruf ist schon schlecht genug. Sie braucht nicht noch deinen dazu.«

»Red keinen Müll, Wes. Du weißt verdammt gut, dass ich mir nichts vorzuwerfen habe. Du hast schließlich gesehen, was bei dem Campingtrip passiert ist.« Lukes Kiefermuskeln zuckten.

»Von der Verhaftung spreche ich nicht.«

Emily legte Luke einen Ordner hin und breitete ein paar Zeichnungen aus. Ihr Blick flog zwischen ihren Brüdern hin und her. »Könntet ihr euch heute ausnahmsweise mal nicht aufführen wie zwei Neandertaler? Bitte? Ich habe noch ein paar Kundentermine.«

Margie brachte Luke und Wes ihr Frühstück und Emily schob die Zeichnungen beiseite. »Lasst es euch schmecken, Jungs. Emily? Darf's noch was sein?«

»Nein danke, Margie. Im Augenblick nicht.« Emily schaute zu, wie Luke einen Ordner durchblätterte. »Soll ich dir die Zeichnungen erklären?«

Luke schob die Unterlagen weg. »Nein. Tu einfach, was getan werden muss. Die Details interessieren mich nicht. Ich will bloß, dass das Schlafzimmer und das Badezimmer beieinanderliegen. Es war dumm, das nicht von Anfang an so zu machen. Aber mich hat gestört, dass es kein Gästeklo gibt.«

Wes schüttelte den Kopf.

»Was ist?« Luke wusste genau, was in Wes vorging. Sein Bruder plante gern alles haarklein. Er dachte über jedes noch so winzige Detail in seinem Leben ausführlich nach und hielt es für fahrlässig, dass Luke es nicht ebenso machte. Luke improvisierte lieber. Schnell und spontan. Allzu akribisches und langfristiges Planen lehnte er ab wie ein rebellischer Teenager. Meist konnte er sich bei seinen Entscheidungen auf sein

Bauchgefühl verlassen. Aber manchmal führte das zu eher kurzfristigen Lösungen und ihm fiel etwas Besseres ein, sobald er sich die Zeit zum Nachdenken nahm. Doch auch wenn man so sorgfältig plante wie Wes, war man nicht vor Überraschungen gefeit. Davon war Luke überzeugt. Ihre unterschiedlichen Strategien führten hin und wieder zu Reibereien.

»Willst du dir die Pläne nicht genauer ansehen?«, fragte Wes.

»Kein Bedarf. Ich gehe lieber heim und kümmere mich um mein Fohlen. Den Umbau überlasse ich Emily. Sie ist die Expertin und sie weiß, wie viel Geld ich ausgeben kann. Sie reißt nur ein paar Wände ein und verlegt ein paar Anschlüsse.«

»Hey. Schön, dass du meine Arbeit zu würdigen weißt, du Esel.« Emily nahm ein Stück Toast von seinem Teller und biss grinsend davon ab. »Wir sprechen von einer kleinen Wohnung für einen Rancharbeiter. Wozu in aller Welt braucht die ein Gästeklo? Wenn du nur gleich auf mich gehört …«

»Tut mir leid, Em. Du weißt, wie beeindruckt ich von dem bin, was du tust. Und ja, ich hätte auf dich hören sollen.« Luke schaufelte sich eine Gabel Essen in den Mund und deutete mit dem Kinn auf Wes. »Bist du nicht zum Spielen verabredet?«

»Bin ich.« Wes grinste. »Mit einer zierlichen Brünetten und einem Stapel Unterlagen.«

»Clarissa?« Emily zeigte auf Wes. »Ich habe gewusst, dass aus euch beiden was wird.«

»Sie ist meine Buchhalterin, nicht meine Freundin. Und unser Treffen ist rein geschäftlich.« Er legte seufzend den Arm um Emily. »Wenn du dir um dein Liebesleben halb so viele Gedanken machen würdest wie um meins, wärst du vielleicht nicht allein.«

»Ich bin nicht allein. Ich date.« Sie zog die Nase kraus.

»Irgendwie. Glaube ich. Ugh. Habt ihr überhaupt eine Ahnung, wie schwer es ist, in dieser Stadt ein Date zu finden?«

Luke und Wes stießen beide ein tiefes, lautes, wissendes Lachen aus.

»Okay, ihr wisst Bescheid. Aber Jungs haben es da leichter. Die Hälfte der Mädels hier habt ihr schon durch und die andere Hälfte kann es kaum erwarten, endlich an die Reihe zu kommen. Bei einer Frau ist das was anderes.«

»Sollte es auch sein«, sagte Luke. Er war zwar Emilys jüngerer Bruder, aber wie man seine Schwester beschützte, hatte er von den vier besten älteren Brüdern der Welt gelernt. Dazu gehörte auch, dafür zu sorgen, dass sie sich nicht zur Zielscheibe des Kleinstadttratschs machte. Das war den Männern des Braden-Clans vorbehalten. Bislang zumindest. Luke hatte sich geändert. Bis vor Kurzem war er für eine feste Beziehung zu unstet gewesen. Aber seit er vor zwei Jahren die Ranch gekauft hatte, war er ruhiger geworden und hatte Ziele. Bei der Arbeit packte er gern richtig an, hatte am liebsten mit Tieren zu tun und war gern sein eigener Boss. Die Ranch war ideal für ihn und inzwischen war er bereit, auch sein Privatleben in geregelte Bahnen zu lenken. Er suchte nach der Einen, nach der Frau, die ihn verstand und ihn so liebte, wie er war. Samt seiner Unfähigkeit zu planen. Er brauchte eine Partnerin, der die Familie wichtig war, die Tiere liebte und die nicht mehr erwartete, als er ihr geben konnte. Er nahm an, dass er sich dafür auf eine ganz neue Weise öffnen musste, hatte aber keinen Schimmer, wie er das bewerkstelligen sollte.

Wes spülte den letzten Bissen hinunter und fixierte seinen Bruder. »Ich muss los, Bruderherz. Und nichts überstürzen mit Daisy. Du weißt, was sie durchgemacht hat.«

Zwanzig Minuten später stieg Luke auf seine Harley und

fuhr zu seiner Ranch. Dabei dachte er an Daisy und ihre harte Zeit an der Highschool. Vielleicht waren sie gar nicht so verschieden.

Ende des Auszugs

Wenn Ihnen die Vorschau gefallen hat, können Sie *Bei Heimkehr Liebe* bei Ihrem Online-Buchhändler kaufen und gleich weiterlesen!

The Remingtons

Spiel der Herzen
Im Dschungel der Liebe
Herzen in Flammen
Herzen im Schnee
Liebe zwischen den Zeilen

Die Bradens (Peaceful Harbor)

Geheilte Herzen
Voller Einsatz für die Liebe
Liebe gegen den Strom
Vereinte Herzen
Melodie der Liebe
Sieg für die Liebe
Endlich Liebe – ein Braden-Flirt

The Bradens & Montgomerys (Pleasant Hill and Oak Falls)

Von der Liebe umarmt
Alles für die Liebe
Pfade der Liebe
Wilde Herzen
Schenk mir dein Herz
Der Liebe auf der Spur
Unzähmbare Herzen

…

Entdecken Sie Melissa Fosters Bücher auch auf:
www.melissafoster.com/herzen-im-aufbruch

www.ingramcontent.com/pod-product-compliance
Lightning Source LLC
Chambersburg PA
CBHW032041180726
48284CB00008B/2687